Gottlieb Conrad Pfeffel

Freymund oder der übel angebrachte Stolz

Ein Lustspiel in fünf Aufzügen

Gottlieb Conrad Pfeffel

Freymund oder der übel angebrachte Stolz
Ein Lustspiel in fünf Aufzügen

ISBN/EAN: 9783743438330

Hergestellt in Europa, USA, Kanada, Australien, Japan

Cover: Foto ©Andreas Hilbeck / pixelio.de

Manufactured and distributed by brebook publishing software (www.brebook.com)

Gottlieb Conrad Pfeffel

Freymund oder der übel angebrachte Stolz

Freymund,

oder

der übel angebrachte Stolz.

Ein Lustspiel

in

fünf Aufzügen.

Wien, zu finden beym Logenmeister.

Personen.

Baron von Altenburg.	Hr. Stephanie, der ält.
Die Baroninn, seine Gemahlinn.	Madame Huberinn.
Amalia, dessen Tochter.	Mlle. Deutscherin.
Der Fähnrich, Amaliens Bruder.	Hr. Steigentesch.
Julie, Amaliens Freundinn.	Mlle. Jaquet.
Der Hauptmann von Siegmar, Juliens Vater.	Hr Jaquet.
Herr Carlson, ein Kaufmann, Amaliens Bräutigam.	Hr. Lang, der ältere.
Herr Freymund, dessen Oheim.	Hr. Stephanie der jüng.
Albrecht, des Barons Kammerdiener.	Hr. Preinfalk.
Ein Bedienter des Barons.	Hr. Weiner.
Wilhelm, Bedienter des Herrn Carlson.	Hr. Gottlieb.
Ein Notar.	Hr. Leeb.

Der Schauplatz ist im Hause des Barons.

Erster Aufzug.

Erster Auftritt.
Carlson, Wilhelm.

Wilhelm, (gestiefelt.)

Endlich treffe ich sie hier an. Doch ich bringe leider keine gute Bottschaft. Alle meine Mühe war vergebens, ich komme leer wieder: ich bin bis nach Hamburg zurück geritten, und habe mich ins Kreuz und in die Quere umgesehen. Alles was mir aufstieß, Dörfer, Graben, Hütten, und jedes kleine Büschchen habe ich durchsucht. Kam ich an eine Herberge, wo wir übernachtet hatten, so beschaute ich alle Winkel, klopfte an alle Thüren, und fragte nach einer wohlgespickten Brieftasche, auf welcher der Name Carlson steht; keine Seele wollte etwas davon wissen. — Doch wie, sie hören meinen Bericht so gleichgültig an?

Carlſon, (lächelnd.) Ich bin unterdeſſen ſo glücklich geweſen, alles wieder zu finden.

Wilhelm, (voller Freuden.) Wirklich?

Carlſ. Ja, guter Wilhelm. (Er reicht ihm einen Beutel.) Hier! für deine ausgeſtandenen Beſchwerlichkeiten.

Wilh. (der ſeinem Herrn die Hand küßt.) O! ich habe ſie bereits alle vergeſſen; ich bin für Freuden ganz außer mir. Sie machen einen ſo edlen Gebrauch von ihren Gütern, daß der Himmel ſehr ungerecht geweſen wäre, wenn er ſie ihnen entzogen hätte. Dürfte ich ſie aber doch fragen, wie dieſe liebe Papierchen wieder in ihre Hände gekommen ſind?

Carlſ. Du weißt, daß ich gleich nach meiner Ankunft meinen Verluſt bemerkte. In der ſchrecklichen Beſtürzung, die mich überfiel, ſandte ich dich auf die Landſtraſſe zurück, ohne daß ich Hofnung hatte, eine Brieftaſche mit Bancozetteln wieder zu finden, die ein jeder anderer zu Gelde machen konnte. Indeſſen ließ ich meinen Verluſt an allen Ecken ausrufen und anſchlagen. Da mein Zuſtand mir nicht erlaubte mich in dieſem Hauſe zu zeigen, ſo blieb ich einige Tage in dem Gaſthofe, und empfand allen Kummer, den auch der Uneigennützige fühlen muß, wenn er in einem Augenblicke ſeines ganzen Vermögens beraubt wird. Endlich brachte mir eines Tages ein ehrwürdiger Greis meinen verlohrnen Schatz wieder, und anſtatt eine Erkänntlichkeit für einen ſo ſeltenen Dienſt anzunehmen, so trieb dieser edelmüthige Mann die Bescheidenheit so weit, daß er mir nicht einmal seinen Namen sagen wolte.

Wilh. Ihre Erzählung kömmt mir wie ein Traum vor. Nun, ich bin auch ehrlich, aber wenn ich einen solchen Fund gethan hätte, ich wüßte nicht. — Nun, nun, dieser ehrliche Mann hat sehr wohl gethan, und ich bin ihm von Grund der Seelen gut. Allein sagen sie mir, mein allerliebster Herr, wie gefällt ihnen denn ihre künftige Braut? Vermuthlich werden sie schon recht gut mit ihr stehen. Ist sie wirklich so schön, als man sie ihnen beschrieben hat? Wolan — machen sie mir eine Schilderung von ihr. Ich sehe schon ihre Augen — was das für ein paar Augen sind! — alle neun Grazien haben ihren Thron darinn aufgeschlagen, und ihre Wangen — was ist die aufblühende Rose dagegen? — Ey, ey, mein Herr, lassen sie mich nicht allein den Pinsel bey einem Gemählde führen, davon ich das Urbild noch nie gesehen habe.

Carlf. Du kannst es so gut als ich mein Freund.

Wilh. Meiner Seele! ich kann mich nicht in diese Frostigkeit finden; bald glaube ich, daß meine schöpferische Einbildungskraft ihrer Amalia geschmeichelt hat.

Carlf. Das weiß ich nicht; sie ist mir ganz unbekannt.

Wilh. Sie sind einen ganzen Monat hier, und haben sie noch nicht gesehen?

Carlſ. Nein, mein lieber Wilhelm; gleichwohl habe ich mich täglich bey dem Baron melden laſſen; aber er hat bisher immer einen Vorwand gefunden, mich abzuweiſen.

Wilh. Ey was! nichts in der Welt ſollte ihn abhalten, ſeinen Schwiegerſohn zu empfangen.

Carlſ. Freylich hätte ich Urſach mich darüber zu beſchweren. Eine ſo offenbare Kaltſinnigkeit iſt eine ſchlechte Vorbedeutung; ich ſehe allzuwohl, was ich zugewarten habe. Endlich hat man mir durch ein kleines Briefchen zu wiſſen gethan, daß ich heute die hohe Gnade haben ſoll, vorgelaſſen zu werden. Nun warte ich ſchon über eine Stunde in dieſem Vorzimmer, und bald wird mir die Geduld ausgehen.

Wilh. Verwünſcht. Mit dieſen vornehmen Herren — ſie ſehen andere gemeiniglich für zu klein, und ſich ſelbſt für zu groß an, und ich wollte, ihr alter Herr Vetter hätte den Tag das Fieber gehabt, da er ſich die Grille in den Kopf ſetzte, ſie in eine hochadeliche Familie zu bringen.

Carlſ. Du weißt es, dieſe nichtige Ehre hat mich nie gereizet, ich trug lange Bedenken, mein Wort von mir zu geben; allein mein Onkel drang darauf, ich habe ihm alles zu danken. Sollte ich ihm widerſtreben? Er hat mich aus dem Staube gezogen, und den Grundſtein zu meinem Glücke gelegt. Aus ſeiner wohlthätigen Hand habe ich den erſten Samen zu der reichen Erndte empfangen, womit die Vorsicht meine Arbeiten gesegnet hat. Dieses hat ihm die Rechte eines Vaters über mein Herz erworben, ich kann mich nicht entschließen, seine Befehle zu übertreten.

Wilh. Denken sie an ihren alten Wilhelm; Sie werden ein Märtyrer ihres Gehorsams werden.

Carls. Es ist wahr, daß ich mir mehr als jemals Gewalt anthue, ihm zu gehorchen, seit dem ich bey meinen wiederholten Besuchen in diesem Hause ein junges Frauenzimmer gesehen, welche Amaliens Gespielinn ist, und für die ich beym ersten Anblick —

Wilh. Denken sie auf ihr Compliment, es kömmt jemand.

Zweyter Auftritt.

Der Fähnrich, Carlson, Wilhelm.

Der Fähnrich. (bey Seite.)

Er ist es; sein bürgermäßiges Ansehen gibt mir ihn zu erkennen. Wie weit ist dieses Zeug von uns Standspersonen entfernt. (zum Carls.) Nicht wahr, mein Herr, ihr Name ist Carlson?

Carls. Sie irren nicht.

Fähnr. Man sagt, sie kommen hieher meine Schwester zu heyrathen?

Carls. Unsere Verwandten haben diese Ver-

bin=

bindung beschlossen, und ich komme sie zu vollziehen.

Fähnr. Diese hohe Vermählung könnte leicht einige Hindernisse antreffen. Ich meines Orts finde sie ein bischen abentheuerlich, ich habe meine Schwester einem meiner Freunde versprochen. Es ist ein Mann, der seines Ranges, und vornämlich seiner Geburt wegen, allen ihren Ansprüchen ein Ende machen muß, und wenn sie mir einen Gefallen thun wollen, so nehmen sie, sobald sie meinen Vater sehen, ihr Wort zurück.

Carls. Ich tadle wie sie, mein Herr, den Stolz des reichgewordenen Bürgers, der den eitlen Vorzug, in eine Verwandschaft zu kommen, nur allzuoft mit seiner ganzen Zufriedenheit bezahlet. Mein Onkel hat ohne meine Einwilligung diese Heyrat geschlossen, wenn er mich bey seiner Wahl zu Rathe gezogen hätte, so würde ich meiner Neigung, und nicht meiner Eitelkeit gefolget seyn; nun aber wird mein Widerwille durch ein anderes Gefühl ersticket. Ihre herabsehende Mine, ihr gebieterischer Ton haben meinen Stolz empört, und ich traue mir Stärke genug zu, bey ihrem Herrn Vater auf den Schluß dieses Bindnisses zu dringen.

Fähnr. So, mein Herr! seinen Stolz empört — welch ein prächtiger Ausdruck! er will sich also hier wichtig machen, und wider meinen Willen die Rolle eines Bräutigams spielen.

len! Die Unternehmung ist ein bischen dreist, und es wird etwas dabey zu lachen geben. Indessen, er will es so. Nun, ich werde in dem Hause Lerm blasen; ich wollte ihm eine Beschimpfung ersparen, und einen stillen Abzug vermitteln; aber weil ihn ein förmlicher Laufzettel so sehr ergötzet, er soll bedient werden. (Geht ab.)

Dritter Auftritt.
Carlson, Wilhelm.

Carlson.
Kaum kann ich meinen Zorn zurück halten.
Wilh. O wahrlich! wenn man vom Bruder auf die Schwester schließen kann, so werden sie sich schlecht rächen, wenn sie ihn zum Trotze auf die Hochzeit dringen, und bald —
Carl. Gehe Wilhelm, klopfe an dieser Thüre.
Wilh. Bedenken sie doch —
Carl. Nun, nun. —
Wilh. (indem er klopft) Ich bedaure sie —
Carl. Schweige.
Wilh. So lassen sie mich wenigstens nicht dabey seyn.

Vierter Auftritt.

Der Baron, Carlson, Albrecht, Wilhelm, verschiedene Laquayen.

Carlson (zum Wilhelm.)

Gehe — (zum Baron) Erlauben sie gnädiger Herr, daß Carlson —

Bar. Guten Tag, mein Freund, seit wann sind sie in der Stadt? was macht ihr alter Onkel? Man hat mir gesagt, daß sein hohes Alter ihm bisweilen den Kopf verrücke, ich will es gerne glauben; der gute Mann liebt sie ungemein; sein einziger Wunsch ist etwas rechtes aus ihnen zu machen; indessen kömmt mir die Ausführung dieses löblichen Vorsatzes, unter uns gesagt, ziemlich ungereimt vor. Ich weiß, daß sie Vermögen besitzen, und daß sie dereinst seine schwere Geldkiste dazu schlagen werden. Wir wollen ihnen auch ihre Gaben, ihre Verdienste, ihren guten Namen nicht absprechen; das hat alles seinen Werth, ich gestehe es; allein wohin werden sie es mit allem ihrem Gelde bringen? Was hat man ohne Stand, ohne Geburt in der Welt zu hoffen? die Ehre, in einem traurigen Ueberfluß ein Pflanzenleben zu führen. Wenn das ungünstige Schicksal mich für meine Person zu einem Kaufmann gemacht hätte, so würde ich mich wohl hüten über die Schranken hinaus zu schreiten, welche mich von dem

dem Hofe absondern, noch meine Bude zu verlassen, um in der Hauptstadt den grossen Herrn zu spielen.

Carls. Ein so seltsamer Empfang macht mich bestürzt; ich weiß nicht, was ich antworten soll. Könnten sie gnädiger Herr ihr gegebenes Wort nicht zurück ziehen, ohne dergleichen Umwege mit mir zu nehmen? Es ist wahr, meine Voreltern konnten mit keiner vornehmen Geburt, mit keinen Ehrentiteln prangen, und ich, der ich wie sie zu leben und zu sterben suche, habe mir nie einfallen lassen, ein höheres Glücke zu wünschen; allein je weniger ich nach einem unnützen Glanze strebe, desto schwerer ist es mich zu demüthigen: Denn ob ich gleich die Klippe der Ehrsucht kenne, so habe ich nicht allen Stolz aus meiner Seele verbannet; Der, den ich in meinem Busen trage, ist vielleicht edler, als der Trotz eines Standes, den man dem Zufall zu danken hat. Doch gnädiger Herr, lassen sie uns diese Unterredung abkürzen. Ich kam ihrem Versprechen zufolge den Wunsch meines Oheims zu erfüllen: sie haben ihren Vorsatz geändert; ich sehe, es kömmt einem Cavalier nicht darauf an, einem Bürger sein Wort zu brechen; ich habe nichts dagegen, und ich will es über mich nehmen, sie bey meinem Onkel von ihren Verpflichtungen los zu machen.

Bar. Es ist wahr, ich hatte es versprochen; allein lassen sie mir Gerechtigkeit wiederfahren. Wenn ich mein Wort zurück nehme, so geschieschiehet es nicht aus Eigensinn; ich fürchte die Welt und ihren Spott, man möchte es seltsam finden, daß die Freyherrn von Altenburg mit dem Carlsonschen Geschlechte in Verbindung treten. Die Wahrheit zu sagen, so legt die Baronin, meine ganze Verwandschaft, und besonders mein Sohn mir diesen Schritt als eine Schwachheit aus. Sie hören nicht auf, mir, meine Tochter und ihre Kinder hinter einem Rechentische zu zeigen, da das Fräulein sich mit einem andern Gemahl bey Hofe empor schwingen, und die Ehre einer erlauchten Nachkommenschaft bis auf meine spätesten Enkel fortpflanzen kann. Zwar sie wird nicht so große Reichthümer besitzen; aber sind denn das die Güter, wornach der Adel strebt? oder hat man einem grossen Herrn jemals diesen Mangel angesehen? Der Credit, den ihm sein Namen versichert, ist eben so viel werth als die Unterschrift eurer Wechselcorrespondenten, ich sehe täglich Kaufleute und Kapitalisten sich um die Ehre zanken unsre Gläubiger zu seyn.

Carls. Ist es aber edel seine Einkünfte auf die Gefälligkeit anderer zu gründen?

Bar. Ein allgemeiner Mißbrauch hört auf ein Mißbrauch zu seyn; ich würde vielleicht diese Mode nicht aufgebracht haben; aber sie ist eingeführt, und über das sehr bequem, also bin ich weit entfernt sie zu tadeln; ich nehme den Ton und die Sitten des grossen Haufens an. Kurz, mein Freund, es hätte mich an und für sich keine Mühe gekostet, sie durch die Heyrath mit meiner Tochter in meine Familie aufzunehmen; allein, ich wiederhole es: ich konnte den Gründen nicht widerstehen, die man mir entgegen gesetzt hat.

Carlf. Glauben sie nicht, gnädiger Herr, daß ich mich blindlings zu diesem Vorschlage verstanden habe. Nein, ich kam ihren Betrachtungen zuvor, ich hätte gewünscht, daß sie meinem Onkel eben so wichtig vorgekommen wären. Weil er aber auf seine Meinungen eifersichtig ist, so habe ich mich darnach bequemen, und ihm die gerechte Abneigung aufopfern müssen, die ich gegen eine Verbindung bey mir verspürte, die mich demüthiget.

Bar. Es freuet mich, sie so vernünftig zu finden. Ich fürchtete, der alte Vetter möchte auf dieser Heyrath beharren, und einen Unwillen auf mich werfen, den ich zwar durch meine Unbeständigkeit einigermaßen verdiene. Weil sie aber vollkommen nach meinem Sinne denken, so arbeiten sie, mich aus der Schlinge zu ziehen. Freymund ist, dem Himmel sey Dank, nicht gekommen; sein Podagra zwinget ihn, wie er mir meldet, das Bette zu hüten. Seine Gegenwart würde mich in Verlegenheit setzen, und mir den Widerstand unendlich schwer machen. Wir beyde aber sind miteinander einig, wir wollen gemeinschaftlich auf ein Mittel denken, ihn zurechte zu weisen. Aber wir müssen allen Schein der Verachtung ver=

vermeiden; ich habe so wenig die Absicht ihn zu beleidigen, daß ich ihm vielleicht mein Wort halten würde, wenn ich nicht zu viel dabey wagte.

Carls. Wagte! sie glauben wohl nicht eben nöthig zu haben, die Ausdrücke zu wählen.

Fünfter Auftritt.
Der Baron, Carlson, Albrecht.

Albrecht (zum Baron)

Ha! ha! kommen sie, gnädiger Herr; sie sollen sich wundern; es ist ein schnackischer Mann bey ihnen eingekehrt. Vermutlich ist es einer ihrer uralten Freunde; denn er spielt den Herrn im ganzen Hause. Er mag wol unterweges hungrig geworden seyn; wenigstens befahl er die Tafel zu decken, sobald er nur aus seinem Wagen stieg. Er trat in den Saal, und streckte sich ganz bestäubt auf ein Ruhbette hin. Einen Angenblick darauf klingelt er. Ein Diener kömmt. Mein Freund, ist der Baron hier? man muß ihn rufen. Wir dachten alle vor Lachen zu bersten, denn es ist eine recht posierliche Figur; er will sie mit Gewalt sprechen.

Bar. Hat er denn seinen Namen nicht gesagt?

Sech=

Sechster Auftritt.

Der Baron, Carlson, Albrecht, Wilhelm.

Wilhelm (zum Carlson.)

Herr Freymund ist trotz seinem Podogra so eben angekommen.

Carls. Mein Onkel!

Bar. Freylich wird er es seyn; ich konte ihn an der Beschreibung erkennen. (zum Carls.) Dieser unerwartete Gast wird uns zu schaffen machen. Gehen sie zu ihm, Herr Carlson; ich habe das Herz nicht seinen ersten Sturm auszuhalten. Suchen sie ihn ganz dahin zu bringen, daß er ihren Gründen Gehör gibt, und — Ach! hier ist er.

Siebenter Auftritt.

Der Baron, Carlson, Freymund, Albrecht, Wilhelm.

Freymund.

Je zum Henker Baron; sie haben die ungeschliffensten Bedienten unter der Sonne. Die Schurken haben die Frechheit mir unter die Augen zu lachen; hätte ich das Podogra nicht, so wollte ich sie zu paaren getrieben haben; aber dennoch guten Morgen, Herr Baron — So, so, Neffe, bist du hier? wohnst du schon im Hau-

Hause? Recht so; aber sage mir, warum ich einen ganzen Monat keine Briefe von dir erhalten habe?

Carlſ. (verwirrt) Sie ſollen es erfahren; erlauben ſie mir nur erſt ihnen meine Freude über ihre Ankunft zu bezeugen.

Freym. Die ſchöne Freude! was ſoll ich von dieſem froſtigen Empfange denken? Was fehlt euch beyden? bin ich hier überflüßig? Ihr Herren, nur geredet; ich werde flugs wieder in meinen Wagen ſteigen. Sie wiſſen es wohl, Hochgebohrner Herr Baron, daß ich die vornehmen Geſichter nicht leiden kann. (zum Carlſ.) Was dich betrift, ſo iſt dieſer hohe Ton ein bischen zu frühzeitig; vielleicht würde er mich nach der Hochzeit weniger befremden. Doch das gilt mir gleich. (zum Baron) Vermutlich hat er ihnen geſagt, wie ärgerlich es mir war, daß ich das Bette hüten mußte; ich konnte nicht mehr hoffen, daß mein verwünſchtes Podagra mir erlauben würde, dieſe Reiſe zu machen; aber kaum ließ es ein bischen nach, ſo habe ich die Gelegenheit bey den Haaren ergriffen, und hier ſehen ſie mich in Lebensgröße.

Baron. Es macht mir das gröſte Vergnügen. (bey Seite) Sollte er es wiſſen wie groß — (laut) Allein, mein lieber Freymund, die Reiſe muß ſie abgemattet haben; kommen ſie, ruhen ſie ein wenig aus.

Freym. Ach! ich habe nicht Zeit. Ich muß vor allen Dingen die Glückwünſche abſtatten, ihre

Gemahlin und meine künftige Nichte umarmen; Es wäre bereits geschehen, wenn meine Figur das Glück gehabt hätte, ihren Herren Bedienten zu gefallen, allein keiner wollte mich anmelden. Ich fluchte ganz allein über diese Schlingel, da trat ein junges Frauenzimmer, die ich eben so sittsam als schön fand, in den Saal. Ich dachte, es wäre Amalie, und ich dachte es mit Vergnügen; denn eine solche Nichte wäre recht nach meinem Sinne. Allein zu meinem grossen Verdruß ward ich aus meinem Irrthume gezogen.

Carlf. (bey Seite) Himmel! es war Julie.

Freym. Ist es eine Anverwandte?

Baron. Nein. Amalia hat sie auf dem Lande kennen gelernt.

Freym. Darf ich wissen, wie sie heißt?

Baron. Julie. Es ist die Tochter eines Officiers, der zwar von Adel, aber ohne Mittel ist.

Freym. So, so, jammerschade; das Mädchen gefällt mir aus der massen.

Carlf. (bey Seite) Ach!

Freym. Muß man denn sooft die Armuth bey denen antreffen, welche am ersten verdienten reich zu seyn! Kommt; wir wollen zur Baronnin und ihrer Tochter gehen. (zum Carlf.) Du mußt nun die Hausehre retten, und mich der ganzen Familie vorstellen.

Carlf. Ich? ich habe dieses Recht nicht.

Freym.

Freym. Mit diesem Gepränge; du weist, das ich die Umstände nicht leiden kann.

Carlf. Herr Vetter; wenn sie von meiner Hand vorgestellt werden sollten, so müßte ich erst selbst meine Aufwartung gemacht haben. Ich habe diese Schuldigkeit noch nicht beobachten können, der Herr Baron kann es bezeugen.

Freym. Dahinter steckt was. Sage mir Junge, was hast du denn seit einem Monat hier gethan?

Carlf. Sie werden es schon erfahren; allein —

Freym. O! ich will die reine Wahrheit wissen; dieses räzelhafte Gestotter macht meine Galle rege.

Carlf. Nun, so sage ich ihnen, daß dieses mein erster Besuch ist.

Freym. Wo zum Henker warst du denn diese Zeit über angefroren?

Carlf. Ursachen, die sie ganz gewiß billigen würden —

Freym. Es ist die Frage —

Carlf. Hatten mich bisher abgehalten auszugehen. Seit acht Tagen sind diese Hindernisse gehoben, und wenn sie erfahren werden —

Freym. Unnützes Gewäsche! Heraus mit den Ursachen. Doch, was liegt übrigens daran, du hast einige Zeit verlohren, wir müssen sie einbringen. Komm, ich will — uns alle beyde vorstellen. (zum Baron lachend) Mache ich es nicht gut? Wie! sie scheinen sich zu besinnen?

Bar.

Bar. Keinesweges.

Freym. Nun, so kommen sie; aber aufgeräumt muß man bey mir seyn.

Wilh. Der Geyer führt ihn wohl zur unrechten Zeit hieher. Der Starrkopf wird nicht eher ruhen, bis er meinen guten Herrn zum elendesten Tropfen gemacht hat.

Ende des ersten Aufzuges.

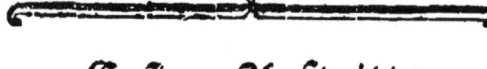

Zweyter Aufzug.

Erster Auftritt.

Der Hauptmann von Siegmar, Julie.

Hauptmann.

Wie oft, liebes Kind habe ich dich in unsre stille Einsamkeit zurück gewünscht! Deine glückliche Gemüthsart spricht mir zwar für dich gut; allein die Luft, die man hier athmet, ist nur allzu fähig sie zu verderben. Ich habe zwar den Baron und seine Gemahlinn nicht oft gesehen, aber ich weis, daß ein thörichter Stolz den Glanz ihrer Herkunft und ihres Standes beflecket. Ihr

B   Sohn

Sohn verbindet mit einer gleichen Schwachheit alle Fehler der müßigen Jugend. Ueber Amalien berufe ich mich auf dein eigenes Zeugniß; ob du gleich geneigt bist, ihr zu schmeicheln, so hast du mir doch nicht verhehlen können, daß die Eitelkeit ihrem Karakter angeerbt ist, und daß Uebermuth und Verachtung sehr oft den Werth ihrer Tugenden schmälern. Himmel! dieses ist die Schule, in welcher meine Julie den Eindrücken schlechter Beyspiele täglich ausgesetzt ist; urtheile mein liebes Kind.

Jul. Fürchten sie nichts, sie haben mich von Kindheit an vor den Irrwegen gewarnet, und itzt sind die schlechten Beyspiele für meine Vernunft weiter nichts als getreue Führer, die mir die Bahn zeigen, welche ich zu vermeiden habe. So lieb mir übrigens Amaliens Freundschaft ist, so ist dennoch meine erste Pflicht meinem Vater zu folgen. Ich will ihnen noch mehr sagen: Gewisse Umstände nöthigen mich diese Trennung zu beschleunigen, und ich hätte sie ungesäumt davon benachrichtiget, wenn sie meinen Wünschen nicht zuvor gekommen wären.

Haupt. Was meynst du damit mein Kind?

Jul. Der Fähnrich hat sich einfallen lassen mich zu lieben.

Haupt. Dich zu lieben?

Jul. Wenigstens hat er die Kühnheit mir es zu sagen.

Haupt. Was empfindest du bey seiner Liebe?

Jul.

Jul. Verachtung; ich kenne ihn, und weiß, was er verdienet. Indessen legt mir doch seine Leidenschaft in allen Stücken einen gewissen Zwang auf um nicht eine kühne Hoffnung bey ihm zu nähren. Ich habe mir vorgenommen, Amalien heute noch zu erklären, daß es sich nicht für mich schickt, die Thorheiten ihres Bruders länger zu dulden, wenn sie mir anders die Erlaubniß dazu ertheilen.

Haupt. Meine Tochter! ich muß einen so edlen Entschluß billigen; er ist die glückliche Wirkung deiner gebildeten Denkungsart. O! als Amalia dich aus unserer friedlichen Hütte wegführen wollte, hätte ich meiner Abneigung Gehör geben sollen! Es war mir leicht, die Folgen dieses Schrittes vorher zu sehen. Doch wie begegnet man dir? hast du nicht bisweilen nach dem ländlichen Dache deines Vaters geseufzet? es ist mir unerträglich, daß ein Mann, der uns ganz fremde ist, dich mit einer Art von Freystadt begnadigen soll.

Jul. Ich fühle es; allein ich muß dem Baron Gerechtigkeit widerfahren lassen, sein Betragen gab mir niemals Anlaß, mich meiner Umstände zu schämen. Ja, ohne die Liebe des Fähnrichs, die ich verabscheue, würde ich mich nicht aus einem Hause hinweg sehnen, das ich sonst aus so vielen Ursachen lieben muß. Anfänglich glaubte ich, daß eine baldige Heyrath meiner Freundinn unsere genaue Verbindung von selbst aufheben würde; allein diese

Verbindung ſcheinet nun allerhand Schwierigkeiten zu finden. Nun, ſie mag vor ſich gehen oder nicht, ich darf meine Abreiſe nicht länger aufſchieben. Wenn ſie dieſen Abend Anſtalt dazu machen wollen, ſo werde ich ihnen morgen mit Freuden folgen. Es koſtet mich nichts in einem Winkel des Erdbodens zu leben, wenn ich mit meinem Vater leben kann.

Haupt. Wohlan, mein Kind; es ſoll geſchehen. Wie ſüß iſt es mir dich den Geſetzen der Ehre und des Wohlſtandes getreu zu finden! ich murre nicht mehr, daß das Unglück das Haus deiner Väter geſtürzt hat, es konnte dir Vernunft und Tugend nicht rauben. Lebe wohl; ich will deinen edelmüthigen Wunſch befriedigen.

Jul. Ich werde ihnen von neuem das Glück meines Lebens verdanken.

Zweyter Auftritt.
Julie allein.

Ja, ich muß die Gefahr fliehen. Dieſes iſt weit ſicherer, als wenn ich gegen ſie kämpfen wollte. Carlſon — Ehrerbietung und das ſtrenge Geſetz des Gehorſams haben ihm die Zunge gebunden, — aber ſein Auge ſprach, ich habe ſeine Sprache verſtanden. Arme Julie! wo denkeſt du hin? Flieh, ſo lange du noch eines Entschlusses fähig bist; für ein Mädchen ohne Vermögen — Himmel! er ist es.

Dritter Auftritt.

Carlson, Julie.

Carlson.

Darf ich sie, gnädiges Fräulein, um eine Unterredung von einigen Augenblicken ersuchen?

Jul. Mich, mein Herr?

Carls. Vergönnen sie mir diese Ehre. Der Beweggrund, der mich hieher führt, kann ihrem Herzen nicht gleichgültig seyn. Kaum wissen sie, wer ich bin; aber verehrungswürdige Julie, ich weiß, daß sie Amaliens Freundinn sind, und wenn sie an ihrem Schicksal Theil nehmen, so —

Jul. Wohlan, mein Herr, ich bin bereit sie anzuhören.

Carls. Sie haben gleich bey dem ersten Anblicke meine Seele mit Hochachtung und Ehrfurcht erfüllet; ich trage kein Bedenken, ihnen mein Anliegen zu entdecken. Vielleicht glauben sie, daß eine glänzende Verbindung meine Vernunft verblenden können; Nein, mein Onkel hat alles geordnet; er hat wider meinen Willen dem Baron meine Hand, für seine Tochter versprochen.

Jul.

Jul. Nun ist denn dieses ein so schröckliches Unglück?

Carls. (indem er Jul. schüchtern ansieht.) Wenn ich es auch nie dafür gehalten hätte, so fühle ich doch seit einigen Tagen, daß mich kein grösseres Unglück treffen könnte.

Jul. (etwas verwirrt) Ich kann mich in sie nicht finden. Amalie ist liebenswürdig, geistreich; sie besitzt so viele Reitzungen —

Carls. Hat sie aber nicht noch mehr Stolz? Ich will ihren Karakter nicht zu voreilig bestimmen; allein ich habe grosse Ursache es zu fürchten. Vater, Mutter, Bruder; kurz, das ganze Haus mußten ihn ihr einflößen —

Jul. (für sich) Das ist nur allzuwahr.

Carls. Vergeben sie mir, gnädiges Fräulein; mein gränzenloses Vertrauen legt mir eine Sprache in Mund, die sie vielleicht beleidigt. Allein ich bin zu entschuldigen; in einer dringenden Gefahr ist man selten vorsichtig; mit einem Wort, ich suche ein Licht, bey dem ich meine Schritte leiten kann. O! dürfte ich sie bitten, schönste Julie! mir ihre Freundinn zu schildern?

Julie. Ich, mein Herr?

Carls. Wer kann es besser als sie, mein Fräulein? O! thun sie es; das Glück Amaliens beruht darauf. Vielleicht ist ihre Gemüthsart der meinigen zuwider; vielleicht würde die grausamste Reue unsrer Verbindung auf dem Fuße folgen. Wenn ich dieses wüßte, weder mein

Onkel, dem ich noch nie ungehorsam war, noch sonst etwas in der Welt sollte mich bewegen können, ein Bündniß einzugehen, welches uns beyderseits elend machen würde.

Julie (für sich) Sey stark mein Herz. (laut) Ihnen ist die Freundschaft bekannt, die ich zu Amalien trage, können sie dieses treue Gemälde von mir erwarten? Habe ich Fehler an ihr gefunden, so werde ich sie verschweigen, oder meine Augen sind zu sehr für sie eingenommen, um sie zu bemerken. Ich will ihnen einen Rath geben: — Amalie kennet die Verstellung nicht; sie wird sich ihnen in wenig Tagen selbst schildern; dann können sie durch sich selbst urtheilen.

Carl. Dieses wäre freylich der sicherste Weg; allein ich kenne die Ungeduld meines Onkels; da er einmal die Sache wieder in Gang gebracht hat, so bleibt mir keine Hoffnung zu einem Aufschube übrig. Vielleicht muß ich morgen schon Amalien die Hand geben, und wenn ich im Augenblicke des Schlußes zurück treten wollte, würde ich nicht den gerechten Zorn des Barons und meines Onkels auf mich laden? itzt aber, da Freymund das unartige Betragen der ganzen Familie noch im Kopfe hat, itzt würde ich ihn vielleicht auf meine Seite bringen können, wenn ich im Stande wäre, ihm das von dem Karakter meiner Braut zu versichern, was mich mein Herz blos vermuthen läßt.

Jul. (für sich) Welch eine Marter!

Carlſ. Sie reden mit sich selbst, mein Fräulein? Wie glücklich wäre ich, wenn sie mich beklagten! O sagen sie mir wenigstens, ob Amalie den Tag dieser Verbindung ohne Widerwillen herannahen sieht, oder ob ihr Stolz sich gegen meinen Stand empört, und —

Jul. Hierauf will ich ihnen aufrichtig antworten. Amalie ist in einem Alter, wo die Gesinnungen, die man uns beybringet, sich sehr leicht der Herrschaft über unsere Seele bemächtigen. Bisher war sie stets um Verwandte, die wenig nach Personen fragten, deren Namen oder Stand in der Welt kein Aufsehen machte. Kurz, sie hat die Vorurtheile einer hohen Geburt in ihrer zartesten Kindheit eingesogen; Sie können sich vorstellen, daß diese Heyrath, welche ihre Eigenliebe beleidigte, eben nicht nach ihrem Geschmacke war. Allein diese Abneigung kömmt ihr nicht von selbst; und ich dächte nicht, mein Herr, daß es ihr viele Mühe kosten würde, diesen Irrthum abzulegen; alsdann — glaube ich — würde sie — Sie glücklich machen können; und dieses Glück müßte ihnen um desto süſſer seyn, da es ihr Werk wäre. (sie will abgehen)

Carlſ. Sie entfernen sich?

Jul. Ich kann nicht länger bleiben.

Carlſ. Noch einen Augenblick —

Vier=

Vierter Auftritt.

Carlson allein.

Sie flieht; Himmel! in welcher Verwirrung läßt sie mich. Soll ich gehorchen oder widerstreben? Kann ich hoffen, mit Amalien glücklich zu seyn? Nein, Schönheit allein gewährt dieses nicht. Ich fodere eine liebenswürdige Gefährtinn, die dem Geschenke meiner Hand einigen Werth beylegt, die sich nicht einbildet, in einer Ehe, die sie glücklich machen soll, ihre Schande zu finden. Gott! warum hat Amalia nicht die unschuldige Sanftmuth, die edle Bescheidenheit ihrer Gespielinn!

Fünfter Auftritt.

Baroninn, Baron, Freymund, Carlson.

Baroninn (lachend zum Baron)

Ich wiederhole es ihnen Baron, dieser drolligte Mann belustigt mich königlich; indessen muß man doch dem Spaß ein Ende machen, und ihm ganz rein ins Gesicht sagen —

Bar. Ey! um des Himmels willen; wir dürfen ihm den Stuhl nicht vor die Thüre setzen.

Freym. Also Baron! wir wollen in unsrer Unterredung fortfahren. Ich sagte ihnen eben daß ich mich keiner vornehmen Ahnen rühmen kann, daß meine Väter, welche weiter nichts als Kaufleute waren, sich nur durch ihre Redlichkeit einen Namen gemacht haben. Mich dünkt, ein solcher Leumund sollte noch mehr als die Erbtitel eines Barons oder Grafen in Betrachtung kommen; allein die thörichte Welt hat es nun einmal anders eingeführet.

Baronin. Welch ein albernes Gewäsche! Nun ja! es würde auch artig lassen, wenn man den Adel, die Federspitzer und die Krämer zusammen in eine Reihe stellen wollte.

Freym. Fürchten sie das nicht, gnädige Frau; die Welt wird nie so vernünftig werden; ich stehe ihnen dafür, dieser kindische Vorzug, mit denen der Stolz sich so sehr brüstet, bleibt ihnen unbenommen. Was mich betrifft, so setze ich meinen Adel in die getreue Erfüllung meiner Zusage, ohne mich einer demüthigen Herrschaft über meine Gläubiger anzumassen; hauptsächlich will ich mich vor der Schande hüten, die ein Gerichtsbote —

Bar. (leise zum Freym.) Stille, stille!

Freym. Sie verstehen mich! es ist verdrießlich, wenn ein Herr von Stande nicht ausgehen kann, ohne zu fürchten, daß die Häscher seine hochfreyherrliche Gnaden vor der Thüre wegkapern.

Bar. (leise zum Freym.) Wollen sie mich ins Verderben stürzen?

Freym.

Freym. Bey Leibe nicht.

Baronin. Was sagt er?

Freym. Es ist wahr; es würde ein lustiger Streich seyn; und wenn man mir den Kopf warm macht —

Bar. (zum Freym.) Verschonen sie mich. (für sich) Ich möchte rasend werden.

Carlſ. (bey Seite) Endlich geht mir ein Licht auf.

Freym. (zur Baronin) Sie verstehen meine Sprache nicht, gnädige Frau?

Baronin. Nein; aber aufrichtig zu reden, so kömmt sie mir ziemlich dreiſte vor.

Freym. Ich glaube es wol: Ha! ha! ha!

Baronin. Nun, nun, ich finde eben nicht, daß ich etwas lächerliches gesagt habe.

Freym. Das macht, sie haben den Schlüssel zu meinem Räthsel nicht; wenn aber der Herr Baron ja will, so kann er es ihnen aufschließen. Doch genug; lassen sie uns nur wieder auf die Sache kommen, welche mich und meinen Neffen hieher geführet hat. Ich glaubte Anfangs, meine Reise wäre überflüßig; allein die Sache beym Lichte betrachtet, so würde ohne mich unsere Heyrath Schiffbruch gelitten haben; mein alberner Neffe hätte sie schalten und walten lassen, und da wäre etwas schönes heraus gekommen; allein, weil man mich doch zu allem braucht, so bin ich nun hier. Laſſen sie uns also die Sache schließen, und den Hochzeittag ansetzen.

Ba=

Baronin. Sie sehen wol, daß man ohne Umschweif mit ihm reden muß.

Bar. Sachte.

Freym. Ich dächte, es sollte uns nichts aufhalten; denn vermuthlich ligt Amaliens Brautschatz fertig; sie geben ihr nichts mit.

Baronin. Vortrefflich! sie wollten also zu einem großen Namen, zu allen Reitzungen des Geistes und der Schönheit auch noch ein großes Vermögen erheyrathen? Das Spiel hat zu lange gedauert. Ich bitte Baron, schenken sie ihm klaren Wein ein, wo nicht, so will ich das Compliment über mich nehmen. (sie geht ab.)

Sechster Auftritt.

Der Baron, Freymund, Carlson.

Freymund.

Und ich werde mich für diesen Schimpf zu rächen wissen. Komm Vetter, komm; nun ist meine Gedult alle.

Bar. Herr Freymund, entschuldigen sie die Unvorsichtigkeit meiner Gemahlinn. Ich gestehe ihnen unter uns, daß ich genöthigt war, ihr mein gegebenes Wort zu verhöhlen. Da ich ihren Abscheu vor den ungleichen Heyrathen kenne, so sprach ich ihr von der vorgeschlagenen Vermählung blos als von einer Sache die ich allein ausgedacht hätte. Aber ich eile mit ihr zu reden.

(er geht ab.)

Sie-

Siebenter Auftritt.

Freymund, Carlson.

Freymu. (zum Bar. der abgeht.) Baron, zum letztenmal, halten sie ihr Wort, oder sie sollen in kurzem von mir reden hören. (zum Carls.) Nein, bey meiner Treue, ich lasse mich nicht mit Undanke belohnen. Das wäre mir recht, wenn der Lappen gerunzelt Pergament berechtigte, einem ehrlichen Burgersmanne unter die Nase zu schnellen. Wenn sie das glauben, gnädiger Herr Baron! gewiß sie sollen ihre Wunder sehen.

Carls. Allein, warum wollen sie ihn zwingen, sein Versprechen zu halten? Sie wissen, wie schwer es mir ward, in ihre Absichten zu willigen, da ich gleichwohl nicht voraus sehen konnte, daß man uns auf solche Art begegnen würde. Nun aber, da meine Ahndungen nur allzurichtig eintreffen, so glaube ich einiges Recht zu haben, mich über sie zu beklagen, wenn sie dem ungeachtet auf ihrem Vorsatze beharren.

Freym. Wie! du meynst also, ich sollte meinen Anschlag aufgeben?

Carls. Warum nicht? Sie sehen ja, die ganze Familie ist dawider.

Freym. Eben recht, so habe ich desto mehr Leute vor mir, denen ich durch den Sinn fahren

ren kann. Wie soll es mich kützeln, diese stolzen Geschöpfe zu demüthigen!

Carlf. Aber bedenken sie, daß ich dabey das Opfer werde.

Freym. Ho, ho! ein großes ein bewunderungswürdiges Opfer!

Carlf. In der That, und ich sehe voraus —

Freym. He Junge, was meinst du damit? Amalia ist hübsch, noch keine zwanzig Jahr alt; sie soll viel Verstand, und tausend andere Vorzüge besitzen; was kannst du dir mehr wünschen?

Carlf. Eine Frau, deren Geburt nicht so hoch über die meinige erhaben ist. Wollen sie, daß eine beständige Verachtung, daß das empfindlichste Unglück der Lohn meiner Unterwerfung sey?

Freym. Nein; aber ich will auch ihrem Uebermuth nicht nachgeben. Weil ich doch mit der Sprache heraus muß, so wisse: der Baron ist mir schon lange mehr als hundert tausend Thaler schuldig; lauter geborgtes Geld, mein Beutel war immer seine Zuflucht, und ich kann ungescheut sagen, ohne mich müßte er seine hochfreyherrlichen Gnaden auf einem Dorfe herumschleppen. Nachher erfuhr ich, daß meines Vorschusses ungehindert, der stolze Eigensinn, am Hofe zu leben, ihn verleitete, ein Gut nach dem andern zu vertrödeln. Dränge ich bey solchen Umständen auf meine Zahlung, so sah ich leicht ein, daß ich ihn zu Grunde richten
wür-

würde. Diese Geldsumme wurde mir bey meinem anwachsenden Vermögen mit jedem Tage entbehrlicher, meine alte Freundschaft gegen den Baron, bewog mich also, ihm meinen Vortheil aufzuopfern. Zu gleicher Zeit aber gab sie mir den Anschlag ein, dich mit seiner Tochter zu verbinden, um durch diese Heyrath das Schicksal unsrer Häuser zu vereinigen, und den Mann, den ich verpflichten wollte, zu meinem Verwandten zu machen. Unter dieser Bedingung wollte ich ihme seine Schuld erlassen. Vielleicht begieng ich eine Narrheit; genug, der Antrag entfuhr mir; der Baron ergriff ihn mit beyden Händen, weil er ihm treflich zu statten kam. Seine Briefe redeten von nichts als Erkänntlichkeit; er meldete mir, daß er entzückt sey, eine Verbindung zu schließen, wodurch er mir beweisen könnte, daß er meine Freundschaft zu schätzen wüßte. Ich glaubte ihm; drang auf deine Abreise, und fluchte auf das Podagra, welches mich hinderte, dich zu begleiten. Kaum fühlte ich ein bischen Linderung, so machte ich mich auf den Weg, und schmeichelte mir, lauter Freundschaft und Frölichkeit in diesem Hause zu finden; ja doch! ärgerlichen Hochmuth, wankende Unentschlossenheit, spröde Verachtung das treffe ich an! Wolan ich will ihnen weisen, wen sie vor sich haben; ich will um alles in der Welt nicht zurück treten, und Amaliens Verlöbniß soll mir eine

schleu-

schleunige Genugthuung verschaffen, wo nicht, so werde ich nur meinem Zorne Gehör geben, und ohne Ansehen der Person mein Recht verfolgen.

Carlſ. Allein, könnten ſie nicht —

Freym. Kurz, mein Entſchluß iſt gefaßt, und ich ſäume mich nur allzulange ihn auszuführen. Ich will dem Baron nachgehen, und meine Maßregeln nach ſeiner Antwort einrichten. (geht ab)

Carlſ. (allein) Und ich, will ſeine Tochter zu ſprechen ſuchen. Nehme ich den Stolz der Familie auch bey ihr wahr, ſo ſoll mein Onkel mich durch kein Mittel zu ſeinen Abſichten zwingen.

Ende des zweyten Aufzuges.

Dritter Aufzug.

Erſter Auftritt.
Amalia, Julie, Fähndrich.

Amalia.

Wie, meine gute Julie, ſie wollen uns verlaſſen? iſt es möglich, daß ſie das können?

Fähnr.

Fähnr. O! daraus wird nichts; es ist eine Grille, die vergehen wird.

Amal. Können wir es hoffen?

Jul. Nein, liebste Freundinn, wir müssen uns trennen.

Amal. Allein, sie können mir ohne meine Zärtlichkeit zu beleidigen, den Beweggrund einer so schleunigen Abreise nicht länger verbergen.

Fähnr. Um einen Beweggrund anzugeben, müßte sie erst einen haben; es ist weiter nichts als ein Eigensinn.

Jul. (zu Amalien) Lassen sie meiner zärtlichen Freundschaft mehr Gerechtigkeit wiederfahren. Ihr Herr Bruder mag mich immer eines Eigensinnes beschuldigen.

Amal. Sie machen sich auch gar zu wenig aus ihm.

Jul. Erlauben sie, daß ich mich über diesen Punkt nicht erkläre; Er ist ihr Bruder.

Amal. Wie! sollte der Fähndrich das Unglück gehabt haben ihnen zu mißfallen.

Fähnr. Ich wüßte bey meiner Ehre nicht, worinn; sie kann sich in keiner Absicht über mich beklagen.

Jul. Sie wissen, daß ihre unbescheidene Liebe mir Beschwerlichkeit und Unwillen verursacht; ich hätte es dem ganzen Hause zu verbergen gewünscht; allein sie zwingen mich zu reden.

C   Amal.

Amal. Wie Julie? er liebt sie? wolan, er hat recht: nichts ist natürlicher. Sage mir denn Bruder, warum hast du mir aus dieser Neigung ein Geheimniß gemacht?

Fähnr. Je nun; mein größter Fehler ist die Verschwiegenheit. Mein Herz hat mehr als einen Monat seine Leidenschaft in der Stille genähret, ehe es nur den Muth hatte, sie Julien zu entdecken. Endlich konnte meine übermäßige Liebe sich nicht länger zwingen; es ist wahr, sie hoffte auf einige Gegengunst; allein es ist nicht genug, daß sie verworfen wird; sie muß mir noch eine Verachtung zuziehen, auf die ich nicht gefaßt war. Sey nun unsre Richterinn, entscheide Amalie, ob ich Unrecht habe, mich durch ihre Verschmähung beleidigt zu finden. Ist dieses der Preiß einer allzu beständigen Zärtlichkeit?

Amal. (zu Julie) Wirklich Julie, sie verfahren zu strenge mit ihm.

Fähnr. Ich dächte nicht, daß ich Haß verdiente.

Jul. Sie hassen, nein; allein ich lasse mir Recht wiederfahren. Das Glück hat uns durch einen zu grossen Zwischenraum getrennet, als daß jemals eine Verbindung unter uns statt finden könnte.

Fähnr. O! dieses gebe ich nicht zu; denn wenn die Sachen nach dem Laufe der Natur gehen, so kann mein Vater mein Vermögen nicht lange mehr in Händen behalten. Es

wird

wird mir dereinſt zu meinem Glücke nichts fehlen; die Alten müſſen den Jungen Platz machen — aber freylich iſt es eine langweilige Sache auf ihren Tod zu paſſen. Ich wollte, daß ein Landesgeſetz den Kindern mit dem zwanzigſten Jahre ihr Erbtheil einräumte, und daß ein billiges Leibgedinge den Eltern bis an das Ende ihrer Wohlfahrt den nöthigen Unterhalt verſicherte.

Amal. (lachend) Dieſer Meinung bin ich nicht.

Fähnr. Deſto ſchlimmer für dich Schweſterchen; du haſt ſehr unrecht.

Amal. Aber meine liebe Julie, ſie müſſen ihre Reiſegedanken aufgeben.

Jul. Nein, ich bin nun völlig entſchloſſen, und es hat mich nicht wenig Mühe gekoſtet, einen Vorſatz zu faſſen, gegen den mein Herz ſich empörte.

Fähnr. Warum thun ſie denn dieſem Herzen Gewalt an? Warum wollen ſie ſich einem unnützen Wohlſtande aufopfern? denn ich ſehe wohl, daß ſie ihre wahre Geſinnungen verhelen. Ein Machtſpruch ihrer Vernunft, dem ſie nicht lange folgen werden, heißt ſie itzt die ſtrenge Einſamkeit wählen; aber der Pfeil, der ſie verwundet hat, wird ihnen überall nachfolgen; Sie werden ſich entfernen, und mich doch nicht vergeſſen können; bedenken ſie, was für Marter ſie ſich ausſetzen. Meine Königinn! überheben ſie ſich einer ſo harten Prüfung. Schweſterchen, ſage ihr doch, daß ſie es ſchon

lange genug getrieben hat, und daß eine zwey=
monatliche Sprödigkeit eine mehr als tapfere
Gegenwehr ist. Sie hat dem grossen Gespen=
ste des Wohlstandes Genüge geleistet, ein län=
gerer Widerstand wäre ein blosser Eigensinn,
der ihr nichts als unzeitige Qualen zuziehen
würde. Siehst du nicht, Amalia, daß ich es
getroffen habe? — Gestehen sie es nur Fräu=
lein, mich wollen sie fliehen, weil sie sich vor
ihrem Sieger fürchten —

Jul. Aufrichtig Herr Baron, von dieser
Seite wäre ich so ziemlich sicher.

Amal. Du hast dir zu frühe mit dem Sie=
ge geschmeichelt Brüderchen.

Fähnr. Sie ziert sich; ich kenne meine Vor=
züge, und sie hat Geschmack, sie verkennt sie nicht;
allein ich sehe unsre Mutter kommen: man
muß diese Sache vor ihr noch geheim halten.

Jul. (spottend) Ganz wohl, Herr Fähnrich; ich bin zu bescheiden, um auf ihre Liebe
stolz zu werden, und ich will mich noch eher
zur Abwesenheit entschließen, als mich gezwun=
gen sehen, dieses Stillschweigen zu brechen.
Suchen sie mich nachzuahmen, und begraben
sie ihr Geheimniß in den tiefsten Schoos der
Vergessenheit. (sie geht ab)

Zweyter Auftritt.

Baroninn, Amalia, Fähnrich.

Baroninn.

Nein niemals bin ich so empfindlich beleidigt worden.

Fähnr. Darf man wissen, gnädige Frau, wodurch —

Baronin. Ich kann mich nicht drein finden, und ich möchte nur immer wissen, woher der alte Freymund so viele Macht über meinen Gemahl hat.

Fähnr. Wie so? Ist noch immer von der Heyrath die Rede?

Baronin. Jefreilich; der Vater bestehet wie ein alter Narr auf diesem abentheuerlichen Einfalle; vergebens mache ich ihm Vorstellungen —

Fähnr. Fürchten sie nichts; meine Schwester hat ein zu großes Herz, um diese entehrende Verbindung einzugehen.

Amal. Allerdings; ja wenn Carlson in keinem so dunklen, in keinem so niedrigen Stande gebohren wäre, dann würde ich ohne Weigerung die Hand zu dieser Heyrath geboten haben. Er für seine Person scheinet würdig....

Baronin. Keineswegs. Er hat den schlechten Ton, die platte Sprache des Bürgers, und den gemeinen Mutterwitz, den die Schulfüchse so hoch anschlagen, und der in der großen Welt nur ein Fehler ist. Man findet bey ihm das feine, das freye Wesen nicht, welches den Leuten vom Stande eigen ist, und es mag nun Dumheit oder Blödigkeit seyn, so sticht der Krämer überall bey ihm hervor.

Amal. (lächlend) Diese Blödigkeit muß uns eben nicht befremden. Er war nicht auf einen solchen Empfang gefaßt; jeder anderer würde an seiner Stelle den Muth verloren haben.

Fähnr. Wenn der Pursch klug gewesen wäre, so hätte er sich mit Ehren herausgewickelt; allein das sind Leute, deren Einsicht nicht weiter langt, als ihr Rechenbuch, und deren schwerfälliger Geist wichtig thut, wenn er die Kunst versteht, Geld zu gewinnen.

Amal. In dem wenigen, was er mir sagte, hat er mir einen Verstand gezeiget, der eben nicht alltäglich ist.

Baronin. Wie! solltest du für ihn eingenommen seyn?

Amal. Ich weiß mich zu schätzen, ohne ihm Unrecht zu thun. Er ist kein Mann für mich; das Glück hat uns zu weit voneinander entfernt, aber um desto besser kann ich seinen Werth bestimmen.

Baronin. Das ist eine andere Frage, die Hoheit der Geburt kann nicht immer vor den Thorheiten der Liebe schützen — Da du vom Carlson so vortheilhaft denkest, so habe ich noch eine Ursache mehr seinen Abschied zu beschleunigen. Hier kömmt er als gerufen; die Gelegenheit ist günstig.

günstig, ich habe keines Beistandes vonnöthen. Ich will ihm ganz deutsch sagen, daß er viele Lebensart besitzen, und uns von einer unangenehmen Gegenwart befreyen soll.

Dritter Auftritt.

Die Baroninn, Amalia, der Fähnrich, Carlson.

Carls. (der zurück weichen will.) Ich fürchte hier überflüßig zu seyn.

Baronin. O nein Carlson; ihre Gegenwart ist vielmehr nöthig; wir haben uns eben mit ihnen beschäftigt; wir sprachen von meines Gemahls wunderlichem Heyrathsprojecte, es hat mich sehr aufgebracht. Es ist mir ganz begreiflich, daß der alte Freymund und sie diese glänzende Verbindung wünschen; ich entschuldige sie beyde; allein ihr Ehrgeiz verblendet sie, und wenn sie ein bischen überlegen wollten, so würden sie von ihrem Vorhaben abstehen. Der Baron hat vielleicht ihnen die Waffen gegen sich in die Hand gegeben. Es heißt, er habe ihnen Amalien versprochen; glauben sie aber ja nicht, daß wir damit zufrieden sind; von der ganzen Familie hat nur er diesen komischen Einfall, und wider unsern Willen kann er seine Tochter nicht vergeben. Machen sie sich also weiter keine vergebliche Mühe.

Fähnr. Hätten sie mir geglaubt, Freund, so wür-

würden sie sich dieses verdrüßliche Compliment erspart haben.

Carls. Es würde mich verdrießen, wenn ich es verdiente. Es ist wahr, ich sollte nun alle Ansprüche aufgeben, und mir keine weitere Demüthigungen zuziehen; allein —

Baronin. Kurzum, sie müssen diese Gedanken fahren lassen.

Carls. Erlauben sie mir, daß ich mich hierüber mit wenig Worten erkläre. Ich habe, gnädige Frau, einiges Recht auf Amaliens Hand; vielleicht werden sie bald den Ursprung und die Absicht dieser Heyrath erfahren. Dann werden sie sich minder wundern, daß der Herr Baron sich nicht geschämt hat, ein Wort von sich zu geben, welches bey rechtschaffnen Leuten stärker ist, als eine gerichtliche Verschreibung.

Baronin. Ey, ey, der Mensch kömmt von Sinnen.

Carls. Da ich diese Sprache führe, so glauben sie nicht, daß der Ehrgeitz mich verleitet, meine Rechte durchzusetzen. Nein, und ich wünschte, daß mein Onkel mehr Gelassenheit bey einem Vorschlage zeigte, dem ich gleich Anfangs entgegen war. Freylich hatte ich noch die Ehre nicht das Fräulein zu kennen, sonst würde ich mein Schicksal ihrem Ausspruch überlassen haben. Sie allein soll es auch itzt entscheiden. Ihre Antwort wird entscheiden, ob ich mich den Absichten meines Onkels unterwerfen, oder widersetzen soll?

Baronin.

Baronin. Welche Unverschämtheit! Glaubt er denn, daß Amalia so niederträchtig —

Carlson. Sie selbst soll sich erklären; solang sie mir mein Wort nicht zurück giebt, werde ich mich für gebunden halten. (zu Amalien) Reden sie gnädiges Fräulein; ich wende mich an sie, um zu wissen, ob ich der ihrige werden soll. Ich kann ihnen den glänzenden Vorzug eines erlauchten Namens nicht anbieten; meine Voreltern sind niemals über die gemeine Stuffe des Bürgers empor gestiegen; allein ich habe noch keinen Augenblick, und selbst heute nicht Ursach gehabt, mich ihrer zu schämen. Wenn aber das Vorurtheil, dessen Tyranney ich erfahre, auch ihren Geist beherrschet, so befehlen sie, gnädiges Fräulein, und ich werde sogleich einem Rechte entsagen, daß ohne ihre Einwilligung nimmermehr geltend seyn kann. Soll die Ehe uns verbinden; so wünsche ich ihre Hand von ihnen zu erhalten, nicht die Gewalt eines Vaters anzurufen, um ein zitterndes Schlachtopfer zum Altare zu schleppen, das mir aus blossem Gehorsam folgen würde.

Amalia. Mein Herr, sie fodern eine entscheidende Antwort von mir, und ich wünschte ihr auszuweichen.

Carlson. Warum das?

Die Baronin (zu Amalien) Bedenke was du redest.

Vierter Auftritt.

Die Baroninn, Amalia, der Fähnrich, Carlson, der Baron, Freymund.

Freymund (zum Baron)

Nu! wenn nur dieser Aufschub schleunig eingebracht wird, so will ich alles vergessen. (zur Baronin) Gnädige Frau, der Baron hat sich endlich seines Unrechts geschämt, wir haben alles verabredet, und wollen sogleich die Ehestiftung aufsetzen lassen. — wenigstens der Förmlichkeit wegen wünschte er ihre Einwilligung zu haben. Lassen sie sich nicht länger darum bitten: denn wir haben schon mehr als einen kostbaren Augenblick verloren.

Baronin. Nun, nun, in der That, dieser Mann ist das posierlichste Geschöpfe unter der Sonnen.

Freym. Baron, machen sie diesem Weibergeschwätze ein Ende, und schreiten sie zum Schlusse; oder —

Baron. Ich beschwöre sie, Baroninn, widersetzen sie sich diesem Bündnisse nicht.

Fähnr. Ey! gnädiger Herr, sie treiben die Verblendung zu weit; was wird man zu einer so abentheuerlichen Heyrath sagen?

Freym. Das gefällt mir nicht übel; es hat also hier jedermann das Recht sie zu schulmeistern? Vor Zeiten war ein Vater Herr im
Hause:

Hause; allein ich sehe wohl, die Mode ist abgekommen. Jeder Glatkinn redet ihnen ein, und will ihnen Lehren geben; also Herr Baron, gehen sie auch mit ihrem Sohne zu Rathe? In der That, die Gelehrigkeit ist sehr zu loben! Ohne Zweifel müssen wir auch hören, was das gnädige Fräulein davon denket? bey solchen Gelegenheiten weiß das Töchterchen allemal besser, als der Vater, was zu thun ist. O mein armer Freund! ich bedaure sie, sie sind nur ein Schattenkönig in ihrem Hause — Thun sie einen Machtspruch, und damit holla!

Baronin. (zum Baron) Ich hoffe, sie werden sich ihrer sehr zweydeutigen Herrschaft nicht bedienen wollen; ich halte sie für zu vernünftig, als daß sie Amalien zu einem Mann zwingen sollten, der so tief unter unserm Stande ist.

Fähnr. Ich denke nicht, gnädiger Herr, daß sie die Gefälligkeit so weit treiben, und diesem jungen Herrn zu Liebe Gewalt brauchen werden.

Freym. Bey meiner Ehre, wenn er klug ist, so wird er es thun.

Carls. Herr Onkel, wir müssen vor allen Dingen die Gesinnungen des Fräuleins wissen, oder lassen sie uns vielmehr den ganzen Anschlag aufgeben. Setzen sie uns nicht in Gefahr, auf immer unglücklich zu seyn; ich verabscheue ein Ehband, das mit Amaliens Thränen benetzt seyn würde.

Freym. O ho! führst du auch die Sprache der Romanhelden? Je, der verwünschte Laffe, als

als ob sich das nicht alles geben würde; wenn man genug geweint hat, so wird man sich wieder trösten lassen. Einige Grafschaften in barem Gelde werden den Taumel der Hoheit bey ihr niederschlagen, und sie wird bald sehen, daß man glücklich seyn kann, ohne Ihro Excellenz zu heißen, daß ein gutes Haus, in welchem der Ueberfluß herrscht, wenigstens eben so viel werth ist, als ein wankender Pallast, den (auf den Baron sehend) ein stolzer Bettler bewohnet, und daß es weit schmeichelhafter ist, jedermann zu dienen, über die Dürftigen seine Wohlthaten auszugießen, als das alltägliche Talent zu besitzen, auf Unkosten seiner Gläubiger Wind zu machen.

Fähnr. Ey! wie soll es der Adel sonst anfangen? Alles Geld ist in euren bürgerlichen Händen, und wir haben nur das Mittel, unsern Antheil daheraus zu bringen, daß wir große Summen aufnehmen, und nichts bezahlen.

Freym. Freuen sie sich Baron, ihr Sohn wird sein Glück machen, er hat trefliche Grundsätze, hochadeliche Gesinnungen. Es wundert mich nicht, sie sind ererbt. Kurz, Herr Baron, wenn sie den Handel schließen wollen, so schicken sie gleich zum Notar. Ich will indeß ein wenig ausgehen, um ein kleines Geschäfte zu besorgen; in wenig Augenblicken bin ich wieder bey der Hand, und dann: sie wissen, ich bin so der Mann nicht —— (zu Carlf.) Komm mit, du kannst mir behülflich seyn.

Fünf-

Fünfter Auftritt.

Der Baron, die Baroninn, Amalia, der Fähnrich.

Baroninn.

Nun sind sie weg, Baron; kann ich nun endlich den Beweggrund erfahren, der sie zu dieser Ausschweifung verleitet? Hoffentlich werden sie die Gnade haben, mir dieses Staatsgeheimniß zu eröffnen?

Bar. Sie zwingen mich dazu. Vielleicht glauben sie, daß ein unerschöpfliches Vermögen den Aufwand meines Hauses unterhält? Sie betrügen sich. Ich habe nicht einmal Credit mehr, und ich werde mich ehester Tagen genöthigt sehen, auf das Land zu entfliehen, wenn wir das Anerbieten Freymunds verachten, und —

Baronin. O Himmel! was sagen sie? Sie stürzen mich in Verzweiflung. Ich sollte mich in ein gothisches Schloß begraben; nein, dazu werde ich mich niemals verstehen.

Bar. Es wird geschehen müssen. Ich weiß mir nicht mehr zu helfen; Freymund ist mein alter Freund; seine Schätze stunden mir bisher offen, und ich habe zu Bestreitung meiner Ausgaben soviel bey ihm aufgenommen, daß er hunderttausend Thaler an mich zu fordern hat. Dieses veranlaßte seinen Vorschlag. Der gute Alte, der sich mit einer vornehmen Verbindung schmeichelte, und seinen Neffen empor bringen wollte, hielt für ihn um die Hand Amaliens bey mir an. Ich habe alles angewandt, um ihm seine Grille aus dem Kopfe zu bringen; allein vergebens; der eigensinnige Alte hat mir endlich bedeutet, daß es bey mir stünde ihn abzuweisen; aber alsdann wolle er ohne Zeitverlust die äußersten Mittel ergreifen, um seine Schuld einzutreiben. Was soll ich in dieser Verlegenheit anfangen? er wird seine Drohung gewis nicht unerfüllt lassen; nichts kann mich vor seiner Rache schützen. Gibt er einmal das Zeichen, so wird plötzlich die ganze Rotte meiner Gläubiger auf mich los stürzen, und mein Vermögen zerstreuen: nichts wird mir übrig bleiben, als die Schmach und der tödtliche Verdruß, die der gedemüthigte Stolz hinter sich läßt.

Fähnr. Aber wird denn ihr Proceß niemals ausgehen?

Bar. Ich habe mich zusehr auf einen baldigen Gewinnst desselben verlassen: alle meine Bemühungen waren fruchtlos; man setzt mir täglich neue Kunstgriffe entgegen, und ein verderblicher Aufschub von zwanzig Jahren, hat meine Rechte bisher nur zweifelhafter gemacht. Kurz, meine Tochter, nur du kannst mich aus dem Verderben reißen; Wenn du den Carlson heyrathest, so will sein Onkel ohne Bedenken auf seine Forderung verziehen.

Ba-

Baronin. O Baron; die Sache hat keinen Anstand. Sobald unsere Tochter das Glück der ganzen Familie befördern kann, so dürfen sie nicht an ihrer Einwilligung zweifeln. Ich meines Orts habe nun nichts mehr einzuwenden, und wenn ich den Handel reiflich überlege, so finde ich alle Ursache damit zufrieden zu seyn. Carlson ist liebenswürdig, und die Erkänntlichkeit ist über das ein Beweggrund, der unsre Wahl völlig entscheiden muß. Um dem jungen Menschen einigen Rang in der Welt zu geben, kann man ihm einen Adelsbrief, und eine Hofbedienung kaufen. Unser Fähnrich kann nicht immer unter der Leibwache bleiben; er muß bald ein Regiment haben, und der ehrliche Freymund wird das Geld darzu herschleßen. Kommen sie, wir wollen alles veranstalten: ich sterbe für Ungeduld eine so nützliche Verbindung je eher je lieber geschlossen zu sehen. Gewis, die Kinder würden nimmermehr glücklich werden, wenn ihre Eltern sich nicht Tag und Nacht mit ihrer Wohlfahrt beschäftigten.

Ende des dritten Aufzuges.

Vier-

Vierter Aufzug.

Erster Auftritt.

Carlson allein.

Himmel! nun sind sie einig. Die stolze Baroninn hat ihre Sprache verändert; die Heyrath, so sie noch vor wenig Stunden so sehr mißbilligte, ist nun der Gegenstand ihrer Wünsche. Der Baron pflichtet ihr bey; mein Onkel ist voller Freude; ich allein bin ein Raub des Kummers. Vergebens würde ich mich täuschen wollen; Amalia gehorchet wider ihren Willen; der Zwang, wird ihren Haß gegen mich vermehren, und ich, mit welcher Gemüthsfassung will ich ihre Hand empfangen? Ich kenne nun alle ihre Reitzungen; und gleichwohl bin ich noch nie so unentschlossen gewesen; jeder Augenblick mahlt mir mein bevorstehendes Unglück mit schwärzern Zügen: Der Haß Amaliens ist nicht das schrecklichste was ich fürchte; Ueberall verfolgt mich das Bild der reitzenden Julie; ihre unschuldvolle Schönheit, ihre edle Sanftmuth; die holde Einfalt ihrer Sitten. O ich fühle es; diese Glut wird auf ewig die Oberherrschaft in meiner

ner Seele behaupten. Wolan, ich muß; morgen wird es vielleicht zu späte seyn.

Zweyter Auftritt.

Freymund, Carlson.

Freymund.

Ah! endlich finde ich dich; darf ich dich in deinen Träumereyen stören? Anstatt deinen Grillen nachzuhängen, würdest du besser thun, meine Mühwaltung mit mir zu theilen. Der liebe Herr Bräutigam läßt mich ganz gelassen zu den Kaufleuten und den Notarien herum traben. Doch, ich muß dir noch einen Einfall mittheilen, auf den ich heute gerathen bin. Ich stund in dem albernen Wahne: daß der ganze Handel wenig Umstände brauchte, und daß du gleich nach der Hochzeit nach Hamburg würdest zurück kehren können. Aber nun, die Sache beym Lichte betrachtet, so sehe ich, daß es unmöglich ist. Wir müssen der Empfindlichkeit deiner Braut nachgeben, welche sich einbildet, daß man außer einer Residenz nicht glücklich seyn kann. Das Mädchen scheint übrigens vernünftig zu seyn, und ich habe gute Hofnung zu ihr; Allein, um sie zu lenken, muß man ihr ein wenig zu Gefallen leben; wir müssen uns durch unsre Gefälligkeiten ihrer Vernunft bemeistern; du mußt dir also hier ein Haus miethen. Ich weiß wohl, daß die Summe,

wel-

welche du durch ein Wunderwerk wieder bekommen hast, bey aller ihrer Beträchtlichkeit nicht hinreichen würde, dich in einer Stadt zu erhalten, der man die Ehre ihr Einwohner zu seyn mit schwerem Gelde bezahlen muß. Jetzt hast du tausend Gulden Einkünfte; mit der Zeit, aber doch so spät als es mir möglich ist, wird meine Verlassenschaft sie einigemal vermehren, und dir keine Wünsche mehr übrig lassen: bis dahin aber würde der Mangel an Ueberfluß leicht zu einigen Mißhelligkeiten Anlaß geben können, und ich begreife wohl, daß Amalia, indem sie dem Range entsagt, vom Glücke eine Entschädigung erwartet. Ich will dir darinn an die Hand gehen, und mich selbst in dieser Stadt niederlassen. Ich will die ganze Wirthschaft auf meine Rechnung nehmen; du sollst freye Wohnung freye Tafel —

Carls. Mein Herz ist ihrer Wohlthaten gewohnt —

Freym. Gut, gut, ich schenke dir deine Danksagung. Wenn die Erkänntlichkeit ächt ist, so sieht man es ihr gleich an, ist sie es nicht; schade für die prächtigen Worte.

Dritter Auftritt.

Freymund, der Hauptmann von Siegmar, Carlson.

Freymund.
Doch was sucht dieser Fremde hier?

Carls. Himmel! ist es möglich? - betrüge ich mich nicht?

Freym. Was hast du?

Carlson (zum Hauptm.) Mein Herr, ein empfindliches Herz, wie das meinige, macht sich eine süße Pflicht daraus, eine empfangene Wohlthat auszubreiten. (zum Freym.) Hier, Herr Onkel, sehen sie den außerordentlichen und seltenen Mann, der mir mein verlornes Vermögen wieder brachte.

Freym. (der den Hauptm. umarmt) O mein allerliebster Herr, möchte doch diese Umarmung ihnen beweisen, wie gern ich ehrliche Leute sehe.

Hauptm. Sie rechnen mir einen gewöhnlichen Dienst zu hoch an, meine Herren. Ich habe nichts gethan, wozu nicht jeder anderer an meiner Stelle verpflichtet wäre.

Freym. Sie haben recht; aber wer heut zu Tage seine Schuldigkeit thut, der verdient von iedermann gepriesen zu werden. Die Zahl gewissenhafter Menschen ist so klein, das Recht und Billigkeit ein großes Verdienst ist. Ueber das hat Carlson mir erzählt, daß sie ihm ihren

Namen hartnäckig verschwiegen haben. — Nicht doch, mein Herr! dieses heißt die Bescheidenheit aufs äußerste treiben. Ich beschwöre sie unsre Neugier zu befriedigen; ein so seltener Dienst muß unter ehrlichen Leuten eine genaue Freundschaft knüpfen.

Hauptm. Sie erweisen mir eine wahre Ehre; ich werde mit Vergnügen die Hand dazu bieten. Wenn ich damals meinen Namen verbarg, so geschah es, weil ich nicht voraus sehen konnte, daß sich jemals eine Gelegenheit zeigen würde, eine Bekanntschaft unter uns aufzurichten. Da ich ohnehin ganz unbekannt in der Welt lebe, so habe ich mich oft geweigert zu sagen, wer ich bin; allein dieses Betragen verpflichtet mich zum Gegentheil. Ich bin ein beurlaubter Hauptmann ohne sonderliches Vermögen.

Freym. Es ist die Mode so.

Hauptm. Mein Name ist von Siegmar.

Freym. Vermuthlich werden sie jemanden in diesem Hause kennen.

Hauptm. Ja, meine Tochter hält sich hier auf.

Carlf. Wie heißt sie?

Hauptm. Julie.

Carlf. (bey Seite.) Mein Herz sagte mirs.

Freym. Was hör ich? das ist ein recht hübsch Mädchen, voll Verstand und Sittsamkeit. Ich wünsche ihnen Glück zu diesem Kinde, mit ihr ist jeder Vater reich. Ich habe diesen Morgen ein bischen mit ihr geplaudert, und —

Vierter Auftritt.
Julie, der Hauptmann, Freymund, Carlson.

Freymund.
Aha! hier ist sie. Kommen sie Fräulein, sie sind nicht überflüßig; sie müssen auch mit in unsre Bekanntschaft treten.

Julie. Was geht denn vor?

Carls. Wie süß ist es mir meine Erkänntlichkeit in ihrer Gegenwart reden zu lassen.

Hauptm. Ein ewiges Stillschweigen muß diesen geringen Dienst verbergen. Sie sind mir nichts schuldig; ich habe mir selbst ein Genüge geleistet.

Jul. In was für Verbindung stehen sie denn mit meinem Vater?

Freym. Sie ist zwar ganz neu; allein ich hoffe, sie wird desto dauerhafter seyn.

Haupt. Dieses ist der würdigste Preiß, womit sie meine That lohnen können.

Freym. Geben sie mir ihre Hand, lieber Freund! aber hören sie noch eins, mein Neffe hier verheyrathet sich und ich hoffe, sie werden der Hochzeit beywohnen; ich will dem Baron deutsch sagen, daß er die ganze Ausstattung ihnen zu danken hat, damit man sie, als den Vater des Carlson ehren möge; allein sie haben vermuthlich mit dem lieben Mädchen zu sprechen:

ich will sie nicht um so süsse Augenblicke bringen; leben sie wohl, und — (er geht ab) Kurz, der Onkel und der Neffe sind auf ewig zu ihren Diensten.

Carls. Aus Großmuth legen sie mir das Stillschweigen auf; ich gehorche ihnen; allein wie wehe thut es mir, wenn ich bedenke, daß es kein Mittel gibt, ihnen meine Schuld abzutragen (indem er Julie ansieht) oder daß es nur ein einziges gibt, welches nicht mehr in meiner Macht steht. (er geht seufzend ab).

Fünfter Auftritt.
Hauptmann, Julie.

Hauptmann.

Was will er damit sagen? Diese Verwirrung, dieser Seufzer, dieser zärtliche Blick — du erröthest Julie, und antwortest mir nicht? Ich zittre! wäre es möglich, daß Carlson in dem Tage, da er seine Hand einer andern reichen will, eine Neigung zu dir gefaßt hätte!

Jul. Was fragen Sie mich? lassen sie vielmehr mein Herz in der glücklichen Ungewißheit, worinn es sich zu verhüllen sucht. Kommen sie, wir wollen fliehen, dieser heilsame Entschluß ist für die Ruhe meines Lebens nöthiger als jemals. Ach! nichts betrübt mich in diesem Augenblicke, als daß ich ihn so spät er-

ergriffen habe; denn ich muß es ihnen gestehen, ich glaube wie sie in den Augen des Carlson eine Liebe bemerkt zu haben. Zwar Ehre und Pflicht bestreiten sie in ihren ersten Funken; allein ich muß ihm seinen gerechten Sieg erleichtern.; ich muß seine Ruhe und und meine Ehre sicher stellen: Lassen sie uns fliehen; mein Unglück würde keine Gränzen haben, wenn mein Verweilen ihm Gram erwecken sollte.

Der Hauptm. Du bist sehr um ihn besorgt, mein Kind; ja, ja, wir müssen fliehen. Mit Freuden sehe ich deine Vernunft diese unzeitige Neigung bekämpfen. Morgen mit Anbruch des Tages —

Julie. Morgen; wie! können wir nicht noch heute abreisen? Ich bin völlig bereit; führen sie mich ohne Zeitverlust aus diesem Hause; ich habe den Baron und seine Gemahlin schon von meinem Vorhaben benachrichtigt; ich glaube, sie haben die Schwachheit ihres Sohnes gemuthmaßet, wenigstens haben sie meinen Entschluß auf eine Art mißbilligt, die mich noch mehr darinnen bestärket.

Hauptm. Deine Entfernung, meine Tochter muß keiner Flucht ähnlich sehen; es wird Abend, wir müssen den morgenden Tag erwarten.

Sechs=

Sechster Auftritt.
Amalia, Hauptmann, Julie.
Amalia.

Sie wollen mir entfliehen Julie? ist es möglich, daß sie bey meinem Zustande unempfindlich seyn können? Wenn sie die Stimme der Freundschaft nicht mehr hören, so erbarmen sie sich wenigstens meines Kummers. (zum Hauptmann) Vereinigen sie sich mit mir, Herr Hauptmann, die Gegenwart meiner Freundinn ist nun mein einziger Trost. Doch wie! ich flehe sie vergebens um Beystand an, und ohne Zweifel sind sie es, der sie von meiner Seite reißet. Gewiß, Julie würde sich meinen Wünschen nicht widersetzen, wenn ihr Vater ihr diese Pflicht nicht auflegte.

Haupt. Ich bin weit entfernt, mein Ansehen zu gebrauchen, gnädiges Fräulein; die Nothwendigkeit schreibt uns dieses Gesetz vor.

Amal. Was kann sie zur Abreise zwingen?

Haupt. O! glauben sie, daß es ihr angenehmster Wunsch gewesen wäre, sich nie von ihnen zu trennen.

Amal. Ach! wenn das wahr ist, was für eine Ursache —

Jul. Sie wissen sie.

Amal. Ich?

Jul. Sie wissen sie, ich sage es noch einmal.

Amal.

Amal. Ich will nicht hoffen — Wie! im Ernste ist dieses der Beweggrund ihrer Flucht?

Jul. Gröstentheils. Wir können ohne Zwang davon reden; mein Vater weiß alles, was ich zu befürchten habe; — ich verberge nichts vor ihm, und wie viel Vergnügen ich fand an ihrer Seite zu leben. Allein er hält es sowol für nothwendig, daß ich mich den Verfolgungen ihres Herrn Bruders entziehe; und dann hätten wir nicht ohnehin uns bald trennen müssen? Ihre Vermählung kann sich nicht lange mehr verzögern.

Amal. Sie ist noch nicht geschlossen, Julie, und sie dürfte sehr leicht ganz unterbleiben.

Jul. Wie so?

Amal. Ich werde mich nimmermehr dazu verstehen. Erwegen sie selbst, wie sehr man mich erniedrigen will, und wie sehr ich in einem so traurigen Augenblicke einer aufrichtigen Freundinn bedarf.

Jul. Ich würde ihnen diesen Augenblick nicht versüssen, da ich anders hievon denke, als sie, so, würden sie mich ein Vorurtheil bestreiten sehen, das ihnen die Annehmlichkeiten dieses Bandes verbirgt.

Amal. Wie! auch sie Julie stehen zu meinen Freunden, und tadeln mich, daß ich ein Gefühl der Ehre habe. Nach ihren Reden sollte man glauben, daß sie den Vorzug eines adelichen Blutes nicht kennen. Wie können sie

sie von den Vorzügen unsrer Geburt so gleichgültig denken!

Jul. Ich kenne den ganzen Werth des Blutes, aus dem ich abstamme. Vielleicht aber hat das Unglück, das meine Eltern überall verfolgte, in meinem Herzen den übermäßigen Stolz gemindert, aus welchem so viel falsche Begriffe entspringen. Die Mittelmäßigkeit meiner Glücksumstände hat mich Billigkeit gelehrt, und ich bin sehr weit entfernt, einen so verdienstvollen Mann zu verachten —

Amal. Ich verachte ihn keineswegs; aber ich kann nicht die seinige werden. Ich bin nicht ungerecht, und ich gestehe gern, daß ich es einigermassen bedaure, daß er nicht von Adel ist; allein ich kenne kein Verdienst, das diesen Mangel ersetze.

Siebenter Auftritt.

Amalia, Hauptmann, Julie, Freymund.

Freymund. (zu Amalien.)

Ich suchte sie überall, mein liebes Bäschen, (zum Hauptmann) Guten Tag, mein wackerer Siegmar.

Amal. Sein Bäßchen?

Freym. Ja mein Bäschen; denn ich habe bereits die Zärtlichkeit eines Oheims für sie, und diese giebt mir, wie ich glaube, das beste

ste Recht sie so zu nennen. Hier bringe ich ihnen ein Kästchen mit Juwelen, die ich eben gekauft habe. Ein artiger süsser Junge hätte sie vielleicht auf ihren Putztisch gelegt; allein wie gesagt, ich mache ganz und gar keine Umstände, und ich wünschte, daß man in diesem Hause meinem Beyspiel folgte; denn aufrichtig zu reden — so nehmen sie denn.

Amal. Nein, mein Herr, ich schwöre es ihnen.

Freym. Ey, ey, was bedeutet denn das; in dem Augenblicke der Verlöbniß ein Geschenk von mir ausschlagen?

Jul. Das heißt nicht ausschlagen.

Freym. Was heißt es denn wenn ich fragen darf?

Haupt. Wir müssen sie zu entschuldigen suchen.

Freym. O vermuthlich habe ich eine Ceremonie vergessen. Großer GOtt! welch ein albernes Land! was für tolle Gebräuche? Nein, ein vernünftiger Mann kann sich unmöglich zu diesen Läppereyen bequemen. Ihr seyd rechte Märtyrer eurer Höflichkeit; doch ich will hingehen, und die Baroninn fragen, ob ich nicht das Recht habe, ihnen ein Geschenk zu machen.

Achter Auftritt.
Baroninn, Amalia, Julie, Hauptmann, Freymund.

Baroninn.
Zweifeln sie noch daran?

Freym. Erst seit einer Minute; denn zuvor wäre mir freylich dieser Gedanke nicht eingekommen. Es ist eine ganz neue Art meine Liebe zu erwiedern: gleichwohl scheint mir das Geschmeide ziemlich hübsch zu seyn. Urtheilen sie selbst davon —

Baronin. Recht sehr hübsch. Nun in der That, Amalia, du wirst wie eine Prinzeßinn aussehen.

Freym. Bey meiner Treue; ich wußt nicht, bey wem ich den Plunder kaufen sollte: endlich ist mir nach langem Kopfbrechen ein Juwelenhändler eingefallen, mit dem ich vormals einigen Verkehr hatte; durch Briefe versteht sichs; denn ich habe diesen ehrlichen Kaufmann heute zum erstenmale gesehen. Ich bin recht entzückt über seine Bekanntschaft; man sieht bey ihm überall die Tugend und Ordnung hervorleuchten. Er ist sehr reich, gleichwol herrscht die Einfalt mit der Ehrbarkeit in seinem Hause. Seit hundert und fünfzig Jahren haben seine Voreltern in dieser Stadt immer die nämliche Wohnung inne, und ob er gleich

ein Lustspiel.

gleich alle Gelegenheit hätte, seine Kinder empor zu bringen, so hat er sie dennoch alle nach seinem Stande erzogen, und sein Sohn der erst vierzehn Jahr alt ist, führt schon sein Hauptbuch. Seine Frau scheint mir ein wackeres Weib zu seyn; alles verräth an ihr einen gesunden Verstand, viel Aufrichtigkeit und eine treffliche Denkungsart; ich muß sie mit der Zeit meiner Nichte vorstellen.

Amal. (beyseite) Glaubt er, daß ich dergleichen Gesind vor mich lassen werde? ich möchte vergehen.

Freym. Uebrigens gnädige Frau müssen sie diesem Herrn (auf den Hauptmann weisend) ihre Erkänntlichkeit bezeugen; denn Carlson hat ihm sein ganzes Vermögen zu danken, und da er es mit ihrer Tochter theilt, so —

Haupt. Reden sie nicht mehr davon Freymund; ich beschwöre sie darum.

Freym. O! bey meiner Treue; es ist meine Pflicht überall davon zu reden, und ich würde die Erkänntlichkeit zu verletzen glauben —

Haupt. Beweisen sie mir dieselbe durch das Stillschweigen.

Freym. Nun, so muß ich denn wider meinen Willen in ihrer Gegenwart stumm seyn. Aber fordern sie mehr nicht von mir; es ist schon ein großes Opfer die Ausbreitung eines so seltenen Dienstes zu verschieben.

Baronin. Ohne diese schöne Handlung zu errathen, übernehme ich meinen Antheil an der Verbindlichkeit, ich bin überzeugt, daß nichts Gutes, nichts lobenswürdigers zu erdenken ist, dessen Herr von Siegmar nicht fähig wäre.

Freym. Allerdings, und ich fühle, daß sein liebenswürdiges Kind mir gleiche Gesinnungen einflößt. Ich lese in ihren schönen Augen die Tugenden ihres Vaters, und überhaupt habe ich wahrgenommen, daß dieses eine ziemlich gewöhnliche Sache ist. Meine Nichte, zum Exempel, hat von ihnen und dem gnädigen Papa den hochgebohrnen Geist, und die herabsehende Staatsmiene geerbt. Ohne diesen verwünschten Fehler würde sie allerliebst seyn; allein wir wollen sie davon heilen, wenn sie nur erst einsieht, wie übel es ihr läßt.

Amal. Verdiene ich es wohl, mein Herr, daß sie mich eines Uebermuths beschuldigen. Es mag seyn, daß ich einen Stolz besitze, allein es war niemals ein Verbrechen zu fühlen was man ist. Ich sehe aber auch, daß man sehr wenig braucht, um in ihren Augen hochmüthig zu scheinen. Denn wenn man den Unterschied der Geburt nur ein wenig berührt, so wird die Eigenliebe der gemeinen Leute dadurch aufgebracht; dann nehmen sie den blendenden Schein der Tugend an, und predigen die Gleichheit, die sich ihrer Meinung nach unter allen Ständen befindet. Der Zweck einer so eigennützigen Sittenlehre läßt sich leicht errathen. Der Glanz unsers Ranges macht sie eifersüchtig, und ihre Philosophie ist gemeiniglich die

ein Lustspiel.

larve des Neides, der wenn er sich nicht bis zur Größe erheben kann, die Größe bis zu seinem Nichts herunter witzeln möchte. Sehen sie Herr Freymund, ich will sie durch meine Offenherzigkeit in den Stand setzen, auf einmal meinen Karakter zu übersehen.

Freym. Ersparen sie sich die Mühe ihr Bildniß auszumahlen; ich kann mir bereits einen hinlänglichen Begrif davon machen. Die Grundlage ist immer nicht übel, und das übrige — O es kömmt auf Zeit, und einen Gatten an, der, wie ich glaube, ihnen nicht mißfallen wird.

Amal. Lassen sie sich die Hofnung vergehen, daß dieses Eheband jemals mein Glück befördern könne. Wenn ich auch für ihren Neffen ein empfindliches Herz hätte, so würde sein blosser Stand eine unüberwindliche Abneigung bey mir unterhalten. Indessen heißt die Pflicht mich gehorchen, und von nun an will ich mich so weit zwingen, daß mir wenigstens keine Klagen entfahren sollen. Fordern sie mehr nicht von mir; sie haben genug gewonnen, wenn ich alle meine Vernunft aufbiete, um —

Freym. (zornig.) Nein, ich muß sie dieser Selbstverläugnung überheben; ich will mich von ihrem Vater losmachen; allein er soll das Gewichte meines Zorns empfinden: es bleibt dabey, ich will nicht immer Undankbare verpflichten.

Baronin (hält ihn auf.) Was thun sie Freymund? Denken sie nicht mehr daran, daß

ich

ich ihnen für den Gehorsam meiner Tochter hafte, und —

Freym. Nein, ich will ihr keine Gewalt anthun, und ich fange an einzusehen, daß Carlson recht hat. Ich würde sein Leben vergiften, wenn ich ihn mit einer Prinzeßinn verbinden wollte, welche ihn blos von der Höhe ihres Stammbaumes betrachten würde.

Neunter Auftritt.

Der Baron, die Baronin, Freymund, Amalia, der Hauptmann, Julie.

Freymund (zum Baron.)

Nun ist die Reihe an mir, Herr Baron, ich verändere meinen Plan; wir werden die Ehre nicht haben, ihnen anzugehören.

Bar. Was ist denn vorgegangen?

Baronin. O nichts; Amalia hat in einem etwas aufrichtigen Tone mit ihm gesprochen; Freymund hat die Sache unrecht aufgenommen; er ist hitzig —

Freym. Nun ja! natürlich wird es meine Schuld seyn, daß ich mich über die unartigen Reden geärgert habe —

Bar. Ey, ey; vergessen sie diesen Zank, ich stehe ihnen für Amalien; sie hat es gewis nicht böse gemeint, wir wollen nur blos an die Verlöbniß denken. Ich habe den Notar bestellt, er erwartet uns, kommen sie.

Freym.

Freym. Aufrichtig zu reden, so verdienten sie, daß ich zurück träte; allein ich habe die Gabe nicht meinen Zorn zu behalten.

Amal. (bey Seite.) Ach! wann es nicht um die Ruhe meines Vaters zu thun wäre! —

Freym. Sie murret noch, oder meine Ohren betrügen mich. Hören sie Fräulein, der Stab ist noch nicht gebrochen; allein nehmen sie sich in acht.

Amal. Nein, ich widerstrebe nicht mehr. Wann gewisse Betrachtungen mich empören könnten, so giebt es noch stärkere, die mich zum Gehorsam bewegen.

Bar. Sie hören es lieber Freymund; kommen sie, morgen soll die Hochzeit mich meines Versprechens entledigen, und —

Freym. Gut, aber ich sage es ein für allemal; wie man mir begegnet, so werde ich andern begegnen. Denn kurzum, ich lasse mich nicht mehr demüthigen, noch durch glatte Reden täuschen. Diese Heyrath ist eine Ehre für meinen Neffen, das gebe ich zu; aber glauben sie, daß er sich so weit erniedrigen, und sich einer steten Verachtung unterwerfen werde? Er hat keinen grossen Namen; aber ein jeder hat seinen Werth. Bilden sie sich nicht zu viel ein. Die Leute von meinem Stande haben zwar keine ererbten Pergamente aufzuweisen, aber das brauchen auch nur die, welche keine eigenen Verdienste anzuführen wissen.

Baronin (für sich) Welche Frechheit! doch ich muß meinen Unwillen verbergen.

Freym. Wenn sie bey mir zu Hause wären, mein lieber Baron, so würden sie tausend emsige Familien sehen, die aus meiner Hand ihr Brod empfangen; sie würden mehr als ein Schiff erblicken, dessen Hauptleute und Matrosen mich für ihren Herrn erkennten. Kurz, wenn der Himmel unsre Bemühung gesegnet, und uns mehr Güter gegeben hat, als wir brauchen, so sind sie doch weder aus dem Geitze noch aus dem Wucher hergeflossen. Der Staat darf mich nicht erst besolden, daß ich ihm diene, und nicht belohnen wenn ich ihm gedient habe; ein ehrlicher Bürger belohnt sich selbst, weil er nutzlich seyn kann. Ich habe mitten unter den Gefahren ein Vermögen erworben, welches meine Mitbürger mit mir gemein haben; dieses ist meines Erachtens eben so viel werth, als der edle Müßiggang eines turniermäßigen Prahlers, der sich einbildet, daß die ganze Welt ihm darum huldigen soll, weil er die sehr zweifelhafte Ehre hat, der Sohn seines Vaters zu heißen. Nun bin ich fertig; wir wollen den Kontrakt unterzeichnen, aber denken sie daran, daß es gefährlich ist, meine Geduld zu erschöpfen.

Ende des vierten Aufzuges.

Fünfter Aufzug.

Erster Auftritt.
Der Baron allein.

Endlich kann ich mich von dem ungestümen Manne losmachen. Ich erröthe, wenn ich an die Entschließung denke, wozu er uns genöthigt hatte, meine Tochter mit seinem Neffen verbinden, seine Familie mit der meinigen vermengen! O wahrlich, guter Freymund, dein Stolz hebt meine Verbindlichkeit auf, ich kann dir, dem Himmel sey Dank, alle die Rechte entziehen, auf die du deine Forderung so gebieterisch gegründet —

Zweyter Auftritt.
Der Baron, die Baroninn.

Die Baroninn.

Ach! sind sie hier Baron? was für eine wichtige Angelegenheit hat sie mit dem Notar aus dem Hause getrieben? Sie hätten uns nicht so verlassen sollen, Freymund —

Bar. Kein Wort mehr von ihm.

Baronin. Sind sie klug?

Bar. Sehr klug, ich will ihn bezahlen. Die Summe liegt bereit, er kann sich die Hochzeitsgedanken vergehen lassen.

Baronin. Im Ernste?

Bar. In allem Ernste.

Baronin. O! sie entzücken mich. Diese Heyrath betrübte mich mehr als sie denken.

Bar. Ich glaube es.

Baronin. Ich begriff wohl, daß ich meine Tochter der Ruhe der ganzen Familie aufopfern müßte: allein, wie sehr habe ich dabey empfunden, daß das Blut seine Rechte hat. Ich sah ihren Kummer; ich theilte ihn mit ihr, und — kurz, ich litt mehr als ich sagen kann, daß ich eine so grausame Herrschaft über ihr Herz ausüben sollte. Aber, Baron, diese neue Einrichtung wird uns nicht etwa nöthigen, das Schloß Altenburg zu beziehen?

Bar. Ich denke nicht. — Zwar um diese beschwerliche Schuld zu bezahlen, muß ich eine andere machen; es geht aber weiter keine Veränderung in meinen Umständen vor.

Baronin. Sie gewinnen doch allemal Zeit; ihre übrigen Gläubiger sind nicht so ungeduldig.

Bar. Es ist wahr; allein ich erhalte nichts als eine Frist; mein Untergang ist darum immer gewis. Diese verwünschte Heyrat hätte mich auf einmal für hundert tausend Thaler quittiret.

Baronin. Wir müssen aber auch das Schicksal unserer Tochter bedenken. Sollen wir sie zum Schlachtopfer der Familie machen?

Bar. (nach einem kurzen Stillschweigen) Nein, und wenn ich alles wohl überlege, so finde ich, daß ich mir den Freymund vom Halse schaffen kann, ohne die Stadt zu verlassen.

Baronin. O! das wäre vortreflich.

Bar. Ich sehne mich so wenig als sie nach der Einsamkeit. Doch, lieber will ich der Schuldner eines Juden, als der Schwiegervater eines Bürgers werden.

Baronin. In der That das war gerade das schlimmste Hülfsmittel so wir wählten; wir hätten uns bey dem ganzen Hofe lächerlich gemacht, und wirklich wurden schon tausenderley Spottreden über diese Heyrat geführet.

Bar. Carlson kömmt. Da sein Vetter mich nicht mehr an seiner Mörderfaust hat, so will ich mit zwey Worten seine prächtige Hofnungen zerstreuen.

Dritter Auftritt.

Der Baron, die Baroninn, Carlson, der Hauptmann.

Carlson.

Mein Onkel hat uns aufgetragen sie zu suchen; er erwartet sie gnädiger Herr bereits einige Zeit.

Baronin. So? das ist wohl ein grosses Unglück.!

Carlſ. Freylich iſt er zum Warten gemacht; allein ich ſehe den Notar nicht mehr.

Bar. Er iſt in einer mir ſehr wichtigen Angelegenheit nach Hauſe gegangen. Wie ich ſehe, guter Menſch, ſind ſie ein bisschen betreten. Da ich ſie als einen vernünftigen Mann habe kennen lernen, ſo will ich ſie nicht länger in der Ungewisheit laſſen. Von ihrer Heyrat mit meiner Tochter iſt keine Frage mehr; und ich war im Begrif es ihrem Vetter zu bedeuten. Seine Schuldforderung gab ihm einige Macht über mich; nun bezahle ich ihn, ſeine Regierung hat ein Ende.

Carlſ. Unſere Verbindung iſt alſo zerriſſen. (bey Seite) Kaum kann ich meine Freude verbergen.

Bar. Uebrigens werde ich ihnen allezeit gewogen bleiben.

Baronin. (im weggeben) Mein Gemahl verſichert ſie unſerer Gnade.

Carlſ. Ich erkenne den ganzen Werth derſelben, gnädige Frau; das kann ich ihnen zuſchwören.

Vierter Auftritt.

Carlſon, der Hauptmann.

Hauptmann.
Gott! welch ein Undank! welche Eitelkeit!

Carlſ.

Carls. Es wundert mich nicht, sie darüber entrüstet zu sehen. Der rechtschaffene Mann beurtheilt andre nach sich; sein edles Herz täuschet ihn, und der täglichen Erfahrung ungeachtet, kann er sich nicht daran gewöhnen, Undankbare zu finden. Lassen sie diesen verdrüßlichen Gedanken verbannen; es hätte mir nichts glücklichers begegnen können, als diese stolze Abweisung, die mir endlich die Freyheit gibt, meine Hand nach eigenem Willen zu vergeben. Vollenden sie nun die Glückseligkeit meines Lebens, sie steht in ihrer Macht.

Hauptm. Wie?

Carls. Gewähren sie mir Julien; die süsseste Neigung vereinigt sich bey dieser Wahl mit den Empfindungen der Dankbarkeit. Ich liebte sie, ehe ich Amalien kannte, und diese Liebe würde mir jedes andere Band verhaßt gemacht haben.

Hauptm. Mein Herr!

Carls. Ich sehe wohl ein, daß eine verschmähte Hand für ihre liebenswürdige Tochter ein schlechtes Geschenk ist; allein —

Hauptm. Nein, diese Schwachheit habe ich nicht. Sie haben mich den Stolz des Baron und seiner Gemahlinn tadeln gesehen. Nicht der Beleidigte, nur der Beleidiger muß erröthen; die erhaltene Weigerung kann ihnen bey mir nicht schaden.

Carls. So versichern sie mir denn das Glück, nach dem ich mich sehne, und alle meine Wünsche

sche sind erfüllt; vor allen Dingen aber muß ich ihnen den Zustand meines Vermögens vorlegen.

Haupt. Es ist nicht nöthig. Ich weiß —

Carls. Vielleicht betrügen sie sich.

Haupt. Dieser Punkt ficht mich nicht an.

Carls. Ein gewisser Zufall beraubt mich auf eine Zeitlang des grösten Theils der Summe, die ich ohne sie auf immer verlohren hätte.

Haupt. Carlson, sie sind ein ehrlicher Mann, und ich kann mir nicht vorstellen, daß eine unbesonnene Leidenschaft ihnen das Elend einer nahrungslosen Ehe verborgen habe. Wenn sie ihr Schicksal mit dem unsrigen zu verbinden gedenken, so müssen sie mein Kind ohne Zweifel versorgen können. Dieses würde für mich genug seyn; Ueberfluß braucht man nicht, wenn man nur vor dem Mangel gesichert ist. Allein diese Heyrath würde zu sehr das Ansehen einer Rache haben; man würde glauben können, daß ich ihr erlittenes Unrecht auf mich nehme. Ich bitte sie, lassen sie es ein wenig anstehen; wenn sie nach einiger Zeit noch in ihren Gesinnungen beharren —

Carls. Sollten sie an der Dauer meiner Liebe zweifeln?

Fünf=

Fünfter Auftritt.

Freymund, Carlson, Hauptmann.

Freymund.

Ihr werdet gehört haben, meine Freunde, wie sehr man mich beschimpfet, und daß man mir sogar die Mittel benimmt, mich zu rächen. Doch dieses Unglück läßt sich verschmerzen, und ich habe, mein lieber Carlson, deinetwegen einen vortreflichen Einfall, dessen Ausführung mir eben Ehre, und dir Freude bringen, und das Glück deiner Tage befestigen wird.

Carls. Bester Onkel! um das Glück meiner Tage zu bevestigen, gibt es nur ein Mittel, die Verbindung mit Julien.

Freym. Julien! O beym Element, du hast meinen Anschlag errathen. Doch, es wundert mich nicht; es ist so ein allerliebstes Mädchen, und wenn ich nicht ein alter Krüppel wäre, so wollte ich sie eher zu meiner Frau als zu meiner Nichte machen. Urtheile nun, ob ich deine Wahl billige?

Carls. O, sie wissen noch nicht, wie vielen Antheil dieses reizende Kind an meiner bisherigen Widerspenstigkeit hatte.

Freym. So, so, du warst klüger als ich; allein ist auch ihr guter Vater zufrieden?

Haupt. Vollkommen; nur einen kleinen Anstand — Freym.

Freym. Fürchten sie ebenfalls eine Niederträchtigkeit zu begehen?

Haupt. Nein, Freund; ich gebe diesen Namen nur denenjenigen Handlungen, die uns in den Augen der Vernunft erniedrigen.

Freym. Nun denn, wenn sie einige Hochachtung für uns haben, so sehe ich keine rechtmäßige Ursache, die ihren Entschluß aufhalten könnte.

Haupt. In diesem Augenblicke, mein Herr, würde es scheinen, daß ich den Eltern Amaliens troze, und ich muß Achtung gegen die Freundschaft tragen, die sie meiner Tochter bewiesen haben.

Freym. O, ich habe keine Lust diese übermüthigen Thoren zu schonen. Ich kam hieher meinen Carlson zu verheyrathen, und ich habe mir einmal in den Kopf gesetzt, an diesem Tage meinen Anschlag zu vollführen. Ich bin recht entzückt, daß ich Gelegenheit finde, der ganzen Familie zu zeigen, daß man ihre Prinzeßinn Tochter entbehren kann.

Sechster Auftritt.

Hauptmann, Julie, Freymund, Carlson.

Freymund.

Hier ist Julie. Kommen sie mein liebes Kind, willigen sie in unser Verlangen. Es ist nun dem Himmel sey Dank, von Ama-

ein Lustspiel. 75

Amalien keine Frage mehr; nicht als ob der Korb den wir bekommen haben, ihnen das Herz meines Neffen zugewandt hat. Nein! ohne ein Wörtchen zu sagen, war er in sie verliebt, und ich — ich weiß nicht, was ich dachte, daß ich ihm jenes Püpchen aufdringen wollte, da ich doch Gelegenheit hatte, es mit einem so tugendhaften, so vernünftigen, so reizenden Kinde zu vergleichen.

Carls. (zu Julien) Sie antworten nicht? Ist es mir erlaubt, mein Fräulein dieses Stillschweigen zu erklären, und wenn ihr Herr Vater in mein Glück willigt; sollten sie —

Haupt. Verschonen sie das schamhafte Mädchen; alles spricht für sie Carlson; Großmuth, Hochachtung, Zärtlichkeit vereinigen sich ihre Wünsche und ihre Tugend zu krönen.

Freym. Bist du nun vergnügt Carlson?

Carls. Ueber allen Ausdruck vergnügt, wenn Julie diesen Ausspruch bestättigt.

Freym. Nun, mein schönes Bäschen, wollen sie ihr Ja dazu geben?

Jul. Ich gehorche, mein Herr; aber nie hat der Gehorsam so wenig Widerstand in einem Herzen gefunden?

Carls. Großer GOtt! nun steht meinem Glücke nichts mehr im Wege.

Freym. Ho, ho, ich sehe den Baron, und meine hundert tausend Thaler anrücken.

Sie-

Siebenter Auftritt.

Baron, Hauptmann, Julie, Freymund. Carlson.

Baron.

Nun können wir endlich unsern kleinen Handel abthun; wir sind hier so gut als alleine; hier haben sie den Betrag meiner Schuldbriefe Bankozetteln.

Freym. (der die Bankozettel nimmt) Wahrhaftig Freymund, das Schicksal liebt dich, das dir statt einer zwo Thorheiten erspart hat. Nun, nun, diese Papierchen sind so gut als klingendes Geld. Hier sind die ihrigen — allein — warten sie ein bischen: von wem haben sie diese Bankozettel?

Bar. Das geht mich allein an.

Freym. Nein, ich muß es durchaus wissen. (zum Carlson) Da du von Hamburg hieher reißtest, so waren diese Zettel deine.

Carls. Ja Herr Onkel; allein ich habe sie nachher veräußert.

Freym. Ganz wohl, ich weiß genug.

Carls. Allem Ansehen nach sind sie seitdem aus einer Hand in die andere gekommen.

Freym. Nein, nein, dein Onkel ist kein Hammel, ich muthmaßte immer etwas, und nun bin ich überzeugt. Verflucht, man hat mich also hier zum Narren. Ha, mein feiner Herr Neffe, du leihest dem hochgebohrnen Baron

ron Geld, damit er mich bürgerlichen Bidermann bezahlen, und uns hernach alle beyde über seine Schulter hin verachten möge?

Bar. Es ist ja Carlson nicht; O! ich würde für Scham sterben.

Carls. Herr Onkel, diese Zettel gehören dem Herrn Baron.

Freym. (der sie einsteckt) Er mag sehen, wo er andre kriegt; ich stecke diese da ohne Bedenken ein.

Carls. Was denken sie?

Freym. Schweige Junge.

Bar. Ihr zufahrendes Wesen Herr Freymund stürzt sie in einen Irrthum, der mich beleidigt. Carlson hat an dieser ganzen Sache keinen Antheil; indessen leugne ich nicht, daß ich dieses Geld geborgt habe; aber man verschweigt mir den Namen des Gläubigers, weil er die Sache geheim halten, und schlechterdings nicht genannt seyn wollte. Indessen er hat seine Sicherheit, wir haben vor einem Notar eine förmliche Verschreibung gemacht. Geben sie also entweder diese Bankozettel, oder meine Handschriften auf der Stelle heraus, wo nicht, so werde ich zu andern Mitteln schreiten —

Freym. O! das wollen wir sehen; sie werden es wohl dabey lassen; denke ich. Ich setze meinen Kopf zum Pfande, diese ganze Geschichte ist ein bloßes Spiegelfechten. Die Verlegenheit meines Neffen fällt mir zu sehr in die Augen. *Bar.*

Bar. Sie treiben die Beleidigung zu weit. Wolan, hier kömmt der Notar eben zu gelegener Zeit.

Achter und letzter Auftritt.
Die Vorigen, der Notar.

Baron.

Mein Gläubiger sucht sich umsonst zu verbergen. Ziehen sie uns, mein Herr aus diesem verdrießlichen Irrthum; ihr Geheimniß setzt mich einem Verdacht aus; reden sie.

Notar. (der auf den Carlson weißt) Dieser Herr kann die Sache am besten erklären.

Carls. (zum Freymund) Mein Onkel! vergeben sie eine unschuldige List, durch die ich so glücklich war, ihnen die Augen zu öffnen.

Freym. Ich lobe dich darum; du hast mich aus meinem Taumel gezogen; allein der Baron hat eine Verschreibung ausgestellt, wir müssen sie ihm zurück geben.

Bar. Welch ein unerwarteter Donnerschlag! Himmel! ich bin verlohren.

Freym. Wie; so gählings stürzen sie von der Höhe, von der sie nur erst auf mich unadelichen, Sterblichen herabblickten? eine solche Kleinigkeit kann sie so irre machen? Ey, ein Mann, wie sie, hat mehr als einen Ausweg. Frisch Herr Baron! sehen sie sich nach einem andern Beutel um; denn mit der Heyrath ist es vorbey,

bey; da sie uns den Abschied gegeben, so haben wir uns anderswo angemeldet, und Carlson wird sich morgen mit der Fräulein von Siegmar verloben.

Jul. Mein Herr, erlauben sie mir eine Bedingung darauf zu setzen; es würde mir ein unerträglicher Kummer seyn, eben die Hand, die mich auf den Gipfel des Glückes erhübe, mit einer verhaßten Rache beschäftigt zu sehen.

Freym. O! die mir zugefügten Beschimpfungen entrüsten mich zu sehr, als daß —

Jul. Lassen sie uns die Beleidigungen vergessen, und die Wohlthaten belohnen. Eben die Personen, die sie ihrem Zorne aufopfern wollen, haben gerechte Ansprüche auf meine Erkänntlichkeit; schon seit einigen Jahren hat ihre großmüthige Sorgfalt mein hartes Schicksal gelindert. Erlauben sie meinem Herzen diesen frohen Augenblick zu ergreifen, und ihnen meine Schuld abzutragen; lassen sie sich den Anschlag ihres Neffen gefallen, und treten sie ihm die Rechte ab.

Freym. Ein herrlicher Anschlag! Heißt dieses mir meine Schuld bezahlen? ist denn mein Vermögen und das seinige nicht ein Ding? Nein, mein liebes Kind, dieser Umschweif dienet zu nichts; es kömmt auf eines heraus, ob er sein Schuldner wird, oder der meinige bleibt.

Carls. So bewilligen sie ihm wenigstens einige Frist.

Freym.

Freym. Warum? ich habe niemals eine Frist verlangt, wenn er in seiner dringenden Noth mich um Beystand anflehete. Laß mich machen, ich kenne die Sprache der Undankbaren, und will mich keiner neuen Schmach mehr aussetzen; mein Herz verleugnet — —

Jul. So rauben sie mir die süße Hoffnung ihnen anzugehören; dieses Glück hat in meinen Augen einen unschätzbaren Werth; dem ungeachtet, will ich lieber der Heyrath entsagen, als eine Zeuginn des Jammers seyn, womit sie dieses Haus bedrohen; wenigstens darf ich alsdenn nur seufzen, und nicht zugleich erröthen, mich mit den Verfolgern meiner Wohlthäter verbunden zu sehen.

Carls. Herr Oheim, wenn meine Glückseligkeit ihnen lieb ist, so widersetzen sie sich ihrer Bitte nicht. Wie! ich sollte Julien verliehren? ein Herz wie das ihrige ist das größte von allen Gütern.

Freym. Du hast recht, und ich empfinde es mit unaussprechlichem Vergnügen, daß dieses göttliche Mädchen allem vorzuziehen ist. Liebstes Kind, die Tugend, die dein Mund verschönert, ersticket meinen Unwillen in der Bewunderung. Umarme mich, und sie, verehrungswürdiger Vater, was für ein Geschenke machen sie uns mit einer so unschätzbaren Tochter? (zum Carlson) Thue, was du willst, ich gebe dir deine Zettel wieder; hier hast du auch die Scheine des Barons; du kannst damit

ein Lustspiel.

mit nach Belieben schalten; ich überlasse sie dir, und entsage der Schuld, so wie dem Schuldner! (indem er dem Baron einen Blick zuwirft)

Carls. O mein Vater! sie vollenden mein Glück, sie versichern mir den Besitz eines Engels (zum Notar.) Ich habe keine Ursache mehr mich zu verbergen; machen sie nun den Schuldbrief unter meinem Namen, jedoch ohne festgesetzten Zahlungstermin.

Bar. (nach einer Pause) Nein, sie haben mich aus meiner Verblendung gezogen; ich verdiene den Schimpf, ohne die Verschonung zu verdienen. (zum Notar.) Mein Herr, sorgen sie für den Verkauf aller meiner Güter; sollte ich auch die Hälfte ihres Werthes aufopfern müssen, so bin ich es zufrieden, wenn ich die Freundschaft dieses Mannes erhalten kann. (auf den Freymund weisend) Die größte Wohlthat, die er mir heute erwieß, ist diese, daß er mir die Augen geöffnet, und in meinem Busen das Verlangen erweckt hat, mein schnödes Betragen wieder gut zu machen.

Carls. Ich werde nimmermehr zugeben —

Bar. Carlson, sie würden sich vergeblich bemühen, mir abzurathen; ich will ihren Onkel bezahlen, nicht darum, als ob das Andenken seiner Wohlthaten mir überlästig wäre; nein, ich schwöre ihnen allen beyden die zärtlichste Freundschaft zu. Julie ist unser Kind, und sie, Carlson, werden mein Schwiegergersohn seyn. Umarmen sie mich, Freymund, schenken sie mir ihre Freundschaft wieder; die meinige wird von nun an weit reiner, weit fester seyn; das siegreiche Beyspiel ihrer Tugend —

Freym. Nun Baron; daran erkenne ich ihren Adel. Der Stolz hat sich an Rechtschaffenheit nicht übertreffen zu lassen, der ist auch mir verehrungswerth. Vergessen sie —

Bar. Vergessen vielmehr sie, mein Freund, so viele Beleidigungen. Kommen sie. Lassen sie uns diese beyden für einander geschaffenen Herzen vereinigen; ihre Verbindung muß in meinem Hause gefeyert werden; dieses will ich als das Siegel der Versöhnung ansehen, und ihre Glückseligkeit wird der Anfang der meinigen seyn.

Freym. Nun, es sey drum! allein es soll ihnen nicht gelingen hier dieses gute bürgerliche Herz an Edelmuth zu übertreffen.

Ende dieses Lustspieles.

Wien, gedruckt mit von Ghelischen Schriften
1770.